向宁夏回族自治区成立60周年献礼

金声玉振

——宁夏煤炭诗选

闻钟 郎业成 编著

黄河出版传媒集团
宁夏人民出版社

图书在版编目（CIP）数据

金声玉振：宁夏煤炭诗选／闻钟，郎业成编著．—银川：宁夏人民出版社，2017.12

ISBN 978-7-227-06821-1

Ⅰ．①金… Ⅱ．①闻… ②郎… Ⅲ．①诗集—中国—当代 Ⅳ．①I227

中国版本图书馆 CIP 数据核字（2017）第 329293 号

金声玉振——宁夏煤炭诗选　　闻　钟　郎业成　编著

责任编辑　管世献
责任校对　陈　晶
封面设计　木　叶
责任印制　肖　艳

黄河出版传媒集团
宁夏人民出版社 出版发行

出 版 人　王杨宝
地　　址　宁夏银川市北京东路 139 号出版大厦（750001）
网　　址　http://www.nxpph.com　　http://www.yrpubm.com
网上书店　http://shop126547358.taobao.com　　http://www.hh-book.com
电子信箱　nxrmcbs@126.com　　renminshe@yrpubm.com
邮购电话　0951-5019391　5052104
经　　销　全国新华书店
印刷装订　宁夏凤鸣彩印广告有限公司
印刷委托书号　（宁）0008158

开　　本　787 mm × 1092 mm　1/32
印　　张　8
字　　数　130 千字
版　　次　2017 年 12 月第 1 版
印　　次　2017 年 12 月第 1 次印刷
书　　号　ISBN 978-7-227-06821-1
定　　价　36.00 元

感物吟志　太阳神之赞歌

李增林

我喜欢诗，读过不少的诗歌。所见古今诗人反映煤炭生活的诗词有之，但不多。闻钟、郎业成编选的《金声玉振——宁夏煤炭诗选》，为煤炭职工和家属精神生活献上了一份丰美的蛋糕，也为精神文明建设做出了奉献，老朋友闻钟嘱我写几句开篇的话，我也觉得责无旁贷，恭敬不如从命。认真而有兴味地阅读了《金声玉振——宁夏煤炭诗选》，有以下四点感想：

第一，觉得编选者把握了时代的脉搏，坚持以人民为主体，反映人民的心声，把人民作为文艺审美的鉴赏家和评判者，以满足人民精神文化需求为选诗的出发点和落脚点，编选的作品既有思想高度，也有艺术价值；既高雅，又通俗；既有先觉者、先行者、先导者的时代风范，又有筋骨、有道德、有温度的陈年佳酿。这些诗作，书写了人民的伟大实践，反映了时代的进步和需求，都是为社会增加正能量的优秀篇章，蕴含信仰之美、生活之美，弘扬了中国精神。因此，我们应该向广大读者推荐这本好书。

第二，这个选本对各类风格流派的作品兼收并蓄，呈现出百花齐放的大好局面，没有门户之见，不是只偏爱宁夏文坛有影响的人物和著名诗人的作品，还对煤炭工人作者一视同仁，编选了他们自己创作的优秀诗篇，这是难能可贵而意义深远的盛举。

第三，这部反映煤炭生活的诗选，如同一幅五彩缤纷的精美画卷。一首首高质量的诗篇，就是一缕缕色彩纷呈的五色丝线，经过编选者的精心挑选、编辑，就像刺绣能手，把一缕缕丝线进行巧妙搭配，编绣成让人心旷神怡的精彩画卷，把这些诗篇健康的审美情趣、深切的人文关怀、真实的感情世界、丰富的精神境界乃至独特的慧眼观察通通展现在读者面前，让我开卷爱不释手。我想广大读者，特别是煤炭职工，会更加珍爱。

第四，当今煤炭生产建设正进行产业结构调整和清洁环保品种变身的生产方式变革，已呈现新常态稳步发展的大好局面，希望诗人们深入到矿区生活中来；矿工、煤炭经营管理人员和科研工作者们都是太阳神，歌颂他们在伟大的时代变革中的劳动创造和崇高的建设祖国、造福人民的精神品质。也希望煤炭职工拿起笔来讴歌自己劳动创造的业绩。这部诗选正是煤炭职工学习写作的最好范本。

以上赘语，是为序。

2015年8月贺兰山东麓

（作者李增林，宁夏大学原中文系教授、原西北第二民族学院首任院长、宁夏回族自治区政协原副主席。）

目　录

闻钟

闻钟，原名白闻钟，评论笔名由元。18岁开始发表新诗，当代著名满族诗人、文艺评论家，载入《中国当代满族作家传》。共9次获少数民族文学、煤炭文学和省市级新诗创作奖。著有诗集《生活牧歌》等。

采煤工的脸

煤海深处潜耀的星星
映出多少这样的脸庞
汗水流在鼻沟，像小溪
煤灰抹在两颊，是山冈
这脸是地貌图的缩影
正有大地丰润的色素
春天的气息充盈荡漾

在那没有亮度的黑夜
过闹市，这脸也像深埋的矿藏
时代的发掘使采煤工出头露面
就像骊山的陶俑重见天光

于是这脸变得很大、很大
腮边紧贴塞北高炉、岭南电厂
眉宇闪过东海新港的灯光
目光随着西去列车投向远方
不信请你登上大楼的高层阳台
他正在千米地下向你张望
在询问暖气片的热度
探视窗前的花朵是否艳丽芬芳

总理说，这脸比白脸好看
不负于祖国的嘱托，人民的希望
部长说，这脸更有美的内涵
无愧于时代开拓者的形象
不信请到国务院和煤炭部走访
采煤工就凭这张脸
和总理、部长一起拍照
无论是相聚在首都，还是井巷

假如我是一个俊俏的姑娘
定要紧盯住这张脸不放
和这最可爱的人结成伴侣
就像明月把爱情献给太阳

选自《朔方》1984年第5期

掘进工身影

人，都有一个影子
是自己最忠实的情侣
虽说身正不怕影子斜
却也有虚实，高低
他来了，看打扮——
七分特别，三分神奇
腰间“电脑”点燃火眼金睛
塑盔明晃晃，胶靴亮如膝
像外星人换乘罐笼的“飞碟”
来地球探索深处奥秘
井上，身影投映地平线
井下，和支柱重叠一起
压不弯，挤不扁
同样有千钧撑力
掘进！在史前大森林里
头顶地壳下的蓝天
脚踏岩心里的大地
掘出火树浓荫，火的虹彩
释放火的飞鸟，火的龙驹
当夜里你在暖床悠悠入梦

这身影就和梦一起展开双翼
石壁前，面向宏观世界
把现代化急需的能源觅取
开动“改革牌”快速凿岩机
代替以往“滴水穿石”的汗滴
让理想的效益飞进银行金库
让赤字变为起飞的金翼
掘进！背后身影铺在来者脚下
眼前又把新路开辟
大巷在掘进工的身影里伸延
但愿也能伸向人们心里

选自《朔方》1984年第5期

光肩星天牛的悲剧

煤城大街新栽的刺槐
又长得蓊郁婆娑
看马路油黑林荫碧绿槐花雪白
不必用街角小摊
那制冷罐里配液染料调其间色
加上路边扎靶上冰糖葫芦的红艳
就足以显得矿山街景明丽而和谐
但我还想看那些青杨弯柳
可惜已毁于虫祸

矿区初建时，没有花木映衬
任砖石高垒，其色仍似荒漠
（东北“疙瘩”小子指着提升料斗
说：“还是把沙子石子捧上天了”）
开始栽下的青杨弯柳撑开绿荫
就渐渐焦梢，行行枯荣参半
远看像经历一场大火

近看枝丫有脏兮兮的黑洞
钻出一种飞虫身黑如墨

体长而胖且肚圆背宽
白点散在其上如银星闪烁
头上两根虎纹斑须高挑王牌
炫耀其厉害不可触摸
打药，不过是一次痛快的淋浴
抓捕，它且逃且隐而到处藏躲
说不定傍晚会爬上你的床铺
天明又嗡嗡地飞出被窝

此虫学名曰“光肩星天牛”
翅膀并拢倒像摆什么牛×资格
产卵时，先给树木热烈的一吻
然后像打麻醉针来个“皮下注射”
受精者为此“牛”提供爱情养料
自己也失去了春光秋色

新来的园林局长说：后悔也晚了
当初就该想到这个后果
只看青杨表面光直而钻天贪长
弯柳也适应性强，谁栽都活
虽说有色无香，但飞毛荡絮
也显得热闹，总还不是寂寞
谁知养肥这么多“黑牛”
不会打场耕地，也不会拉车

干脆全面更新树种
拔除害虫赖以繁衍的庇护所

夜来，“星天牛”又投向光明树
都随枯枝败叶葬身火舌
看重栽的刺槐其叶更绿其冠更阔
以其特有的色香刺令虫类退缩
莫认为“牛尸”又蜕变满城白蝴蝶
那是槐树枝头绽开的花朵
燕子在电线上检阅“冲天香阵”
像一串串紫色的音符
呢呢喃喃唱起飞花歌

选自《当代矿工》1986年第6期

弥 合

地心之爱来得太猛烈
井上光与色交叉，静与动组合
出现累累伤痕凹陷弥平的期待

大地的风疹带几颗天花水痘算得什么
还是绿化队娘们儿有审美观点
说这凹陷的浅坑像姑娘长几个浅白麻子
擦点胭粉更显出几分俏皮

难怪倾泻那么多肥壤充填物
都转化花草和沙枣树的氨基酸
给麻点抹上一层橙色花露蜜
比以前更楚楚动人

傍晚蜂群悄悄归巢
花香就闹哄哄地漫过山冈
漫过群楼崛起的家属区
和没有夜色的马路
闹哄哄蜇人
蜇得小青年大青年老青年心痒

让广场演出的舞台架子鼓手抓挠
连退休老两口健身的脚板
也不由得踏在点上
山与山罩上月光的素纱
伴着轻音乐节奏旋转、颤动

矿山——黑色美神
正以凸起和凹陷的曲线美
撩拨西北高原女人的细腻和男人的粗犷

选自《生活牧歌》，宁夏人民出版社，2016年

深 处

进口是大地的瞳孔
旋转一个天体

坐井观天 窥豹一斑
未必不知全豹
倚天观井 越高
越茫然如瞽

沧海一粟
投入地心
犹有热的感触
即使化成灰或蒸发入云
还会有海之情 地之恋
净化氧 提纯露 血
无污

在井底 与大地心脏
同步起搏 以感知
反馈信息强化信念

煤说

无私者培育无私

贪婪者繁殖贪婪

钻头说

越在深处进取奉献

越不安于沉默

选自《生活牧歌》，宁夏人民出版社，2016年

车厢里的眼睛

开往矿区的班车出发，高原
的太阳热烈欢送，给车厢装
满七月的暑热；大地也让树
木庄稼瓜棚果园厂房农舍和
峰岩沟壑沿全程五十公里柏
油路夹道欢迎，怪不得停车
三次就超员拥挤，把翻窗而
入的风也挤得热辣辣地撩人

老的少的半青不老地“挂”
在扶手上，她“挂”在无座
号车票上，她的孩子“挂”
在袒露的乳头上。她是矿工
妻子是妇科大夫刚接第一胎
的母亲，是个水灵灵的母亲

本来还不算挤得结实，彼此
总能不时闪出一道小小空隙
却在她那象牙雕刻般的脖颈
挤出水珠，挤出一条一条亮

晶晶的小溪，汇入她脑后那
黑亮的瀑布，打湿了鬓丝打
湿了半开襟连衣裙纽扣，打
湿落在胸前的蝴蝶翅膀，任
暗藏的两只洁白的鸽子不住
地啄着，啄着，而不能起飞
车厢像摇篮悠悠晃动，晃出
婴儿蒙眬睡意，她疲惫地弯
下腰身，而后微微曲起双膝
让孩子睡在两条弹性丰满的
大腿上，睡在欲坐不便欲起
不能的一尊维纳斯雕像之怀

就在她身边，在紧靠车窗的
软靠背软坐垫长椅上，坐着
少男少女的初恋。女的脸蛋
紧贴男的下颌假寐，男的搂
着女的脖子似睡而不睡，像
长臂猿搂着一个稀有的水蜜
桃，舍不得咬一口，只向口
干舌燥的炫耀“望桃止渴”
的故事。但咂嘴弄舌者并非
吞噬口水，只看桃色半熟半
生，不知内核是否丰满充实

那炫耀假寐的刺激，使挂在
脑神经的眼睛脱钩，落下一
串摔不响的责问，当然也有
无声的欣赏、借鉴以及羡慕

忽见后面有人寻找眼睛，也
是女人。是年过半百而风韵
犹存的女人，是体态丰腴长
相端庄受看的女人。她不是
起“挂”票的旅客，而是舒
舒服服坐在靠背椅上，可借
半窗云影驱烦除热，凭一对
亮眸摄取山光水色。但她却
和“挂”着的人也把眼睛摔
出去，摔在那搂桃的长臂上
又从那假寐的睫毛上滴溜溜
滑落，落在欲起不能欲坐不
便的母亲怀中，烫醒了婴儿
哇哇的哭闹。于是她收回眼
睛抛出良心，让孩子和母亲
坐在自己的位置。她说她也
是母亲生的，而自己生的女
儿也做了母亲。她是矿区托
儿所保育员，保育一大帮来

自百家姓的孙男孙女，保育
一大帮孙男孙女母亲之欣慰
因而她既有不老的童心，又
有单纯、复杂而崇高的母爱

一位母亲的母亲加入“挂”
的行列，一串串“挂”不住
的眼睛又落在她身上，落在
她进行特殊操练的“稍息”
“立正”节奏，落在她银丝
微露的发卷和沁出细汗的脸
上；就在她掏出手绢擦汗的
瞬间把一串串眼睛抖落窗外
落进路边沙枣林和林边庄稼
地落进田边渠水和渠边小路
又飞上乡村大道飞上车前公
路驰向遥远，比路，更遥远

选自《朔方》1990年第4期

太西煤

古人考古，第一个发现
可能是火，或烧不化的石头
第二个发现，肯定是煤
谁把烟头一粒火丢进地心
点燃原始林莽、花海
烧成石“山”下层层叠叠凝固的“灰”
煤就有了第一个名字“炭”
太西钢炭，我来考证
顾名思义是太平洋以西的煤
以产地宁夏汝箕沟为坐标
越往西越“稀”
越往东越“贵”
贵入加拿大包装珍藏
稀进法兰西贵族的壁炉
看中国黑玫瑰像浪花燃烧
蓝色火苗，“OK”，真美！

选自《西部新韵》2015年第5期

树的逻辑

世界上没有一棵
枝朝下、根朝上倒生的树木
正如没有一个人
脚朝上、头朝下用手掌走路
所以我尊重客观存在和熟悉的事物
是比喻与夸张合理性的《辞典》解读
所以我敢说我找到世界上一棵
植根地下森林而枝叶参天的大树
树种的品名，就叫矿区

正如地下露珠里更飞不出小鸟
所以我是水，向树的年轮浇注
与巷道和横穿斜插的工作面根须伸延
让群楼、井架、电塔、灯柱的枝繁叶绿
所以我看到这棵树没有季节
每天都抽叶、开花、结果、成熟
收获的金叶随白云远去
果实汇流天河“银汉迢迢暗度”
矿区的名字，所以也叫神木

选自《西部新韵》2015年第5期

加　班

国庆放假加班看电话，
这活计，真够我招架；
一会儿嘀嘀，一会儿嗒嗒，
忙得我放下拿起，拿起放下。

一个创先记录还没记完，
又一个井口把新的一年跨，
笔尖抽出扯不断的线，
超产的数字不断增加。

这里要求对女工程师表扬，
那里要求把机厂姑娘夸，
连题目也给拟好，
“煤海盛开腊梅花”。

听吧！话筒传出的乐曲，
锹镐铿铿，煤流哗哗，
炮声敲着战斗的鼓点，
风镐和电钻喊着冲杀。

井下多少长街短巷，

就像九江十八叉。

哪一条都响着时代的足音，

可不知道领导他在哪儿？

也许他正在采区车场，

沉着指挥快装多拉。

也许他正带领矿工夺黑宝，

汗珠子伴着乌金闪银花……

正猜着，领导井下来电话，

让我把超产消息向祖国传达。

电波张开金色的翅膀，

载着胜利捷报飞上飞下……

选自《鹤岗工人报》1958年10月11日

局　长

我看不出他像厅地级矿务局长
矿工说他比科长股长架子还小
有外交家风度有学者的谈吐
有时也带着矿灯和采煤哥闲聊

我相信他高工职称不是“纸称”
聪明才智在眉峰微露
额头刻上一条条探索的行迹
攀登与跋涉等于全部履历表

他曾在贺兰山下建设矿业城
又带上行李卷到这片荒漠落脚
小屋是办公室也是餐厅宿舍
梦绕情牵地面铁路井下巷道

我相信他有局长的胸襟魄力
知人善任而抵制乱拉选票
吸引一帮贤才几多精兵良将
务实奉献开拓奋进各领风骚

我看不出他有局长的深谋远虑
可是谁都佩服他的胆识和勇略
这里铺路开矿那里修楼建市
每一环都紧扣他苦思的心潮

我相信他总有余暇接待采访
但记者常常到处询问跟踪寻找
星期天正是局长现场办公日
难怪约访时间推到月上柳梢

选自《宁夏日报》1995年6月9日

色　差

在古灵州东部绵绵丘陵
在唐诗人李益的“回乐峰”
大荒阔野明沙净土无垢
甜水河西天河水清如酒醉人
倒映蓝天流泻凡·高画的碧蓝
时而风沙漫卷抹上一层朦胧

看坡谷缓慢升降重叠扩展
其间无名草覆盖片片绿梦
河边一棵棵白杨树笔挺潇洒
饱蘸浓彩描出印象派风景
如背景黄滩是收不完的谷物
敢说每个沙丘也价值连城

李益赋之沙丘以雪的意象
凡·高画沙滩有黄金的凝重
矿工觅得地下的墨宝诗韵
世间光谱色差都汇聚其中
好一个灵武矿区特大煤田
正开发释热的雪燃烧的冰

选自《宁夏日报》1995年6月9日

名　气

西天河　你的源头
一半在云里一半在矿井
但还没流入全国分省地图
有名如无名

古人称名气薄如宣纸　脆若春冰
我却以为它该大则大　该小必小
零的膨胀终归是零

今夜河边赏月纳凉
只见明诗人戴弁的袍袖
挥起《北陌平沙》的风
忽而“朔风怒卷黄如雾”来也
隐去“夜月轻笼淡似纱”妙境

吹得诗思乱了
难辨“就是”似是非是真是
而西天河　听你低吟浅唱
才懂得该对大地多几分爱情

多情也多彩　多彩也透明
你是一轴时代的胶卷
给部长司长厅长拍过照
给自治区书记　主席留过影

你的名气在改革开放中起飞
飞上高速公路　铁路
跨过特大黄河桥
与列列煤车的汽笛长鸣
让全世界都知道西天河
是金子河　诗的河啊

选自《宁夏日报》1995年6月9日

古　燧

走在唐将郭子仪迎驾的驿道
不见他取暖的炭灰立灶的炊烟
称他最早发现灵武煤疑其假冒
如是则偌大煤田何以封闭千年

忽见三角测标高筑古燧之顶
引发总工程师逗趣的浪漫
说这是古代和现代结合的一景
欣赏价值取决荒漠形象重复绵延

路过明代留下的瓷窑寨遗址
望断墙残碟犹觉巍峨壮观
土墙下陶瓷碎片揭示历史哲理
守业并不容易创业何其艰难

车抵刚落成的局本部办公大楼
不因其现代建筑格局之美而惊叹
还爱原来圈着几栋陋舍的四合院
无愧是孕育一个特大矿区的摇篮

选自《宁夏日报》1995年6月9日

磨　珠

从第一座大楼铺开设计图纸
我就用全自动机械表秒针
在窗口形长方木框里研磨珠玑
左手摁着一叠表格
输进右手磨珠捕捉的信息
像牙齿研磨一串串糖葫芦
磨去酸涩，就泌出甜蜜
越磨越圆，越圆越亮，越亮越多
多过矿灯、霓虹灯甚至满天星宿

一个用光了火柴的小空盒
装进更小的计算器忽然爆炸
摧毁祖先计数结绳流年凿壁
炸飞长方形木框里几个世纪
算珠1退625，也该和我
一起退到博物馆返聘上岗
我还用没瘪肚的指头研磨
让人们听到噼里啪啦算盘声
就看见生活海涛拍岸的潮汐

选自《西部新韵》2015年第5期

炮

放炮员走进地球深处
却没走出压风机手的心
他的背影系着她的目光
她的胸中回响他的足音

当地面传来井下的炮声
她想，准是他触发引信
不是他，炮声咋这样猛
震得心海荡起漪涟波纹

可是另一炮却没有声响
火药早已埋得很多很深
她相信这绝不会是“瞎炮”
小伙子迟早会轰开爱情闸门

选自《朔方》1983年第3期

眼　睛

眼睛——心灵的窗口
他俩在窗口交换心灵
每当他到矿灯房领灯
两颗心就在眼睛里相碰

他戴着她发给的矿灯下井
灯光像她的睫毛微微闪动
大伙说数这盏灯最亮
准是充进了特殊的电能

怪不得这小伙越干越起劲
原来心头盯着姑娘美丽的眼睛
下班了，两对眼睛又碰到一起
在书页上窥寻知识的行踪

选自《朔方》1983年第3期

迎

为了迎接小伙子升井
姑娘特意对镜整容理鬓
她把“美加净”面乳轻轻敷抹
他却正在井下把大锹猛抡

煤粉拌热汗是黑色的“珍珠霜”
只有亮眼如星，雪牙似银
升井，飞来她粉嘟噜的微笑
小伙子脸上也泛起幸福红晕

他为人间采掘光明和温暖
脸上的煤粉正是美的提纯
怪不得姑娘能瞬间相认
煤粉粘得越多，爱情越坚贞

选自《朔方》1983年第3期

探　望

沙枣花开放的时候
姑娘和情人树下分手
忽然收到小伙子的来信
寄信地址：矿区医院大楼

他因公负伤躺在外科病房
担心后果，劝她另寻新偶
可是他怎么知道姑娘的心
此刻比他的创痛更难受

她知道他多么需要爱的力量
恨不得一步赶到他的床头
姑娘踏着山间小路飞去了
在沙枣花开放的时候

选自《朔方》1983年第3期

桥

河水倒映灯光、树影、楼宇
小桥连接矿区两片街衢
当年他和她悄悄地相约桥头
两颗心笼罩着黄昏的云雨

她凝望夜空秀眉紧锁
他低声轻诉安慰的话语
因出身不同而又真心相爱
“最革命”胆敢恋爱也“最秘密”

今夜桥头相约正花好月圆
桥面漫过双双缓步相携情侣
不要说小桥是秦观词《鹊桥仙》了
春天重新还给人们爱的权利

选自《朔方》1983年第3期

同　行

"我没到过矿山井下
对你干的那行很生疏"

"稻田煤田只隔一层顶板
上上下下同在地球进出"

"莫非井下田间也长五谷
却不知怎样播种收获"

"点葫芦是飞旋的电钻
种子埋进炮眼就开花成熟"

"原来井上井下都是大粮库
咱俩并肩在地球播种汗珠"

选自《生活牧歌》，宁夏人民出版社，2016年

煤与渣

石头越红越烧越黑
煤炭越黑越烧越红

一个让自己烧不化
纵有完卵若虚空

一个情愿使自己烧成灰
又成为植物的“荷尔蒙”

形似并非神似
缘出内在不同

选自《朔方》1997年第3期

井　下

一层煤千重叶万朵红霞
有史前花蜜压缩的芬芳

采煤工是真正的地球人
采掘深埋地心里的阳光

压风机不停地过滤空气
走在大巷心胸豁然开朗

太阳鸟在这净界起飞
才不会有羞涩的歌唱

选自《朔方》1997年第3期

沙的美学

重叠是单调
铺展是平淡

有时随风呼啸
当心横飞迷眼

落地悄然无声
如蛇扭曲回旋

即使有几粒凝结
也胜过一盘散乱

选自《朔方》1997年第3期

搬 迁

多少年，钻塔像流浪汉
拖着过于高大的身躯和体重
在无边的旷野匆匆来去
从未知到已知，又从熟悉到陌生

搬迁！蠢笨的钻机，标致的钢管
绿色的塔衣，白色的帐篷
还有炊烟与炉火，都一路同往
管它车轮压瘪，肩膀青红

什么都搬来了，塔顶明月
窗前的阳光，屋后的山风
还有风里的飞沙，沙中的酷热
都迁入新点宿营

风，掀动沙石和草浪
在湖水里震荡着星星
一切要在大陆板块上推进
没有进取的重复，等于零

勘探者——工业游击队

肩负为祖国寻找能源的使命

频频搬迁，也像钻头飞旋

穿过时间和空间的岩层

选自《诗刊》1984年第1期

野　外

野外的太阳，比别处的亮
只因没有烟熏，火燎，雾遮
又经过暴雨洗涤，飞雪镀铬
野外的月亮，比别处的圆
只因在风中像鹅卵石一样旋转
又经过飞沙走石的打磨

想游山玩水，也堪称“近水楼台”
好景尽可在塔顶凭高选择
那碑林、石窟、佛堂、僧庙
还有羊城花展、哈尔滨雕塑
乃至海滨美人、三峡神女
都可以凭联想模拟、揣测

若到“名城”观光览胜
不必去赶航班或特别快车
眼望瀚海出现的海市蜃楼
钻塔就像即将靠岸的船舶
如临威尼斯、百慕大、好望角
或驶抵新加坡、纽约、开罗

然而钻工自有钻工的游兴
不贪赏地球表面的新奇景色
为勘测地下风景区的位置
每天从地图出发，到野外跋涉
叩开的大门同样开向世界
你看台灯、街灯、探照灯
正闪耀钻孔里喷出的光波

选自《诗选刊》1987年第11期

钻　探

山是静止的浪，浪是流动的山
一群特殊的候鸟
在流动和静止之间
找到一个没有严寒酷暑的季节

这是一片凝固的海
有火和冰凝结成的彩虹般童话
以合金利爪抓破坚而硬的地壳
才触摸到海之梦

于是裁下彩虹一片
托风去讲述安徒生讲过的故事
自己在静与动之间
又去追逐卖火柴小女孩的笑声

选自《诗选刊》1987年第11期

途　中

过渡口，黄河滔滔壮行色
铺开有形的画，无形的诗
听轮桨低诵《沧浪诗话》
看柳岸翻读《词林纪事》

山溪潺潺注入河床
却不是濁流交相融汇
污水的反照可以使形象模糊
但不能改变真实

还是看看麦田“散文学会”的大作
再欣赏瓜园“当代诗社”的手稿
不论其情景韵味形神聚散
都引人入胜而啧啧感叹不已

瓜儿是取自大地的诗蚌
有籽仁的色香，沙瓤的甜蜜
只有貌似丰美的花皮瓜壳
被成堆地抛舍一边了
连羊儿也因乏味而厌食

那老哥哥的防蚊帽
大嫂子的尼龙发罩
和小妹妹的乔其纱巾
该没有桂冠的贪赏和座次之争吧

而钻工头上塑盔如瓢
掬煤海之波为时代宏图泼墨
也淘洗诗的珠玑

选自《煤炭文学》1987年第1期

立　塔

立起来了，钻塔
山中崛起一座峰，天上
多了一颗星
看塔顶的灯多亮
傲慢的新月也张开
羡慕的眼睛

钢管站好队列
“稍息”“立正”！
等待出击的命令
立塔的男子汉和立体的
塔身重叠
倚在蓝天一壁

探索，当然会遇到排斥
追求，也并非从平庸到平庸
黏土层和花岗岩同样顽固
钻头才必须更顽固而具坚韧个性

开钻！把阳光、月光、星光
和风声水声市声
都搅拌在泥浆里
给大地美美来一杯强化麦乳精

地心因而获得酣畅的呼吸
岩心报信，匆匆
大山鼓胀的肚腹
已出现产前阵痛

选自《中国煤炭报》1986年11月5日

测　标

在死寂的“沙都”
测标，是风
发掘的维纳斯

不该多活的
也因其美的吸引
得以多活

流沙飞吻
黄风搂脖
和寂寞的纠缠
是爱，但带上野性
就是折磨

当“沙都”更名“煤都”
它才和井架结缘
伴情侣双双
从林荫走过

选自《煤炭文学》1987年第1期

遗　址

他们拔起钢管走了
给大地留下几个针穴
炉灶柴灰未冷
沉积着记忆，飞去了忘却

他们到什么地方去了
只留下一条空漠的小路

脚印连着脚印
显得不够规则
但并不歪斜
勘探者的脚印将成为基石
被铺在现代化大街

也许再过几百年、几千年
会招来考古学家好奇的挖掘
或许会引发歌者的诗兴
唱一曲新的“阳关三叠”

选自《中国煤炭报》1986年11月5日

通讯处

你叫我留给你一个通讯处，
这可把我难住，
不是我不珍惜友谊，
就是留下地址，你的信也难寄出。

我们不住城市宾馆、招待所，
也很少住上乡镇的瓦房砖屋，
门牌号贴在腿肚子上，
房子和炉灶都背在脊梁骨。

我们是经济建设的“侦察兵”，
心怀西部大开发战略部署；
为了捕捉地下的“舌头”——矿苗，
一年搬多少次家？没个数。

今天，在腾格里安下营盘，
明天又拔营起寨到贺兰山麓；
纵使投递员有最快的摩托车，
也追不上我们的脚步。

我们住过的地方叫什么名字，
只能用坐标号码在蓝图上标出，
也许三五年后变成一座城市，
新的命名将填入新出版地图。

你也许因工作需要调到那里——
这，就是我留给你的通讯处，
那时，再把我住过的地址都寄给你，
你将会看到一本厚厚的书。

选自《光辉永照宁夏川》，宁夏人民出版社，1978年

河

在贺兰山，涉过这样的河，
说是河，却不见一片水波；
陡峭的岩岸挟着干涸的河底，
烈日烤得它像条摇尾爬行的火蛇。

有人说它的源头在天空不在地面，
下雨时，山洪像群野牛驮着石头滚过；
雨后，它流的是黄风裹着滔滔沙浪，
卷走了绿草、山花、百灵鸟的歌。

我们量着它的身长计算过流量，
也曾登上山顶把源头勘测；
它发源千米岩层下面，
那里有一个偌大的乌金湖泊。

一旦架桥铺路令河底升高，
山洪就不敢来吐一口泡沫，
只有城市绿化用着它，
才乖乖地给大地解渴。

选自《光辉永照宁夏川》，宁夏人民出版社，1978年

星

茫茫的夜空镶嵌万点银星，
衬出夜幕的峰峦如孔雀开屏。
这时，钻塔尖顶的灯亮了，
金灿灿，光闪闪，璀璨晶莹。

这是一颗绿色的行星，
在祖国大地环绕梭巡，
沿着矿业开发的轨道，
送走了冬雪又迎来春风。

给千里草原送去欢乐的喜讯，
给深山老林传进春天的雷鸣。
唤醒地下沉睡万年的宝藏，
迎来矿区霞光瑰丽的黎明。

同志们！请你看看远方的山顶，
那最亮的星星下面就有钻工身影。
为了让城乡灯火如繁星闪耀，
他将在钻孔里牵出地下长虹！

选自《光辉永照宁夏川》，宁夏人民出版社，1978年

山　医

荒山石缝纵横
像病妇满脸愁容
风是她急促的呼吸
风停了　体温上升

钻机架在嶙峋的肋骨
手握刹把听心音搏动
电测仪透视　钻杆针灸
新针法专扎骨头缝

原来矿苗是足月胎儿
正在大山腹中骚动
快把黑宝宝接出产道
给山来一次放弃的轻松

选自《光辉永照宁夏川》，宁夏人民出版社，1978年

赵连贵

赵连贵，黑龙江省作家协会会员，支援三线建设调宁煤地质队工作。

充电室里

架子上，矿灯正在充电
一排排，像婴儿刚分娩
赤裸裸找到乳房
一口口吮吸奶汁的香甜

不要害羞吧！姑娘
充啊！充进你哺育的情感
每一盏吃饱喝足的矿灯
都会给你回报爱的光焰

选自《西部新韵》2014年第5期
原稿载《北方文学》，经闻钟修改重发

郑正

郑正，原名郑衍顺，中国作家协会会员，宁夏文联委员，宁夏作家协会理事，石嘴山市作协主席，《石嘴山文艺》《煤炭文学》主编，《贺兰山》副主编。1958年开始发表作品，先后在《人民文学》《中国文学》（英文版）、《朔方》《青海湖》《中国煤炭报》《宁夏日报》《文艺家报》等报刊发表500余万字的小说、散文、诗歌等作品。

高栈台竣工了

新安的
红绿信号灯闪耀，
增色了矿山的俊俏。

新安的
电喇叭哇啦啦叫，
增多了矿山的活跃。

运煤的火车
长鸣一声天地动，

增添了矿山的热闹。

高栈台竣工了！
屹立在井口旁，
更显出矿山的雄伟、骄傲。

竣工典礼上，
书记剪彩，
矿长放鞭炮，
矿工们的掌声，
如海上卷起了风暴。
掌声里，
饱含兴奋欢乐的情调。

好像说：
好呀好！
人力装车多笨重，
哼呀嘿哟汗直冒，
现在解放了！

好像说：
好呀好！
机器一转火车满，
咱采的煤运出了。

一车运上海，

一车运到海南岛……

还有一车呀，

运到北京去，

献给首都工厂烧！

说不尽的欢乐，

憋不住的笑。

电喇叭哇啦啦响呀，

红绿信号灯闪耀！

注：高栈台，煤矿自动装火车的建筑物。

选自《宁夏文艺》1963年第2期

地质图前

早晨，傍晚，
饭后，工间，
霜染两鬓的老工程师
总爱站在地质图前。

他仔仔细细地看，
像姑娘们精心挑选彩线；
他兴致勃勃地看，
像默读扣人心弦的诗篇。

看呵看，有多少次
他多皱纹的脸上挂满晶莹的泪珠；
看呵看，有多少次
他手舞足蹈像孩子那样天真烂漫。

他说：“这不是一幅地质图，
是一轴历史的画卷；
它详细地描绘出黑暗岁月，
它热烈地歌颂着灿烂今天。

不信，你来看一看，
密麻麻的线条诉说着激昂语言：
低矮的老峒刮着阵阵阴风，
新掘的大巷散出春天温暖。”

谁能比他，
更了解矿工生活的酸辣苦咸？
谁能像他，
亲身经历了矿山的沧海桑田？

他透过这幅地质图呵，
能看到自己的悲惨童年：
像一头可怜的小毛驴儿，
从低矮的老峒把煤驮到地面。

十字镐磨去了他的青春，
冒顶的巨石把右腿砸断，
旧社会给了他满身疾病，
壮年时节已经白发斑斑。

他透过这幅地质图呵，
也看到了自己的晚年：
手捋胡子欢迎解放军，
脸上绽开儿童般的笑颜。

党旗前他获得新的生命，
业余学校把大专课程学完，
他像猛虎添上了翅膀，
人民请他把工程师承担……

他取经觅宝找群众，
全矿区实现了“正规循环”；
他为了组织夺煤大战呵，
总爱站在这幅地质图前。

他手拿彩笔眼看地质图，
在图上划出条条进军红箭，
红箭飞进掌子面里，
化作一串串炮声，一吨吨煤炭。

选自《宁夏文艺》1963年第3期

老信号工

一条条巷道通向井底车场，
一股股煤流汇成乌金海洋；
你——老信号工站在信号灯前，
像屹立海岸边的岩石一样庄严、坚强。

旧社会多少凄风苦雨，
曾把你这棵大树摧残，
你却顽强地活了下来，
在信号灯前高举手臂入党。

那年反对反动派打内战，
罢工的怒涛席卷了全矿；
万恶的狗矿警把你捉住，
要你说出所有的“同党”。

他们打断皮鞭磨破嘴，
要从你嘴里得到一个字，妄想！
残暴的敌人割下你的舌头，
你的满嘴喷出血浆……

解放后领导要你休养，
美好生活激动着你的心房；
手拍胸口呵，说不出话来，
你把党委书记拉到信号灯旁。

你手按电钮红绿信号灯闪耀，
无声的语言指挥着喧闹的车场；
党委书记替你说出心里的话，
“现在正是咱为人民出力的时光！”

在信号灯彩色灯光的照耀中，
煤河流出矿井，流向四面八方；
信号灯表达了你对祖国的热爱，
你就像它坚守在战斗岗位上。

选自《宁夏日报》1964年10月6日

新队长

发红的矿灯依在桌旁，
脸上的煤泥也没顾洗，
厚茧重重的大手展开图纸，
新队长把掌子面搬到房里。

长长短短的线条牵动千种思绪，
密密麻麻的数据闪耀火花熠熠，
哪一条线不是群众智慧的结晶，
哪个数据不是大伙的心血凝聚……

肯定——否定，浓茶驱散倦意，
仿佛全矿的石头煤块都与他争执；
否定——肯定，香烟点燃激情，
好像老战友们都和他在一起。

老张师傅的丰富经验记在心头，
日记本上有小李的大胆建议……
微笑悄悄地爬上新队长眉梢，
他挥笔在图纸上添上了最后一笔。

抬头看，雄伟的矿山晨光熹微，
侧耳听，《歌唱祖国》响彻天地；
新队长重领矿灯把图纸带下矿井，
炮声化作报喜的电波向北京飞去……

选自《人民文学》1964年第9期

煤城颂

煤的高山，煤的大海，
林立的烟囱，沸腾的井台，
绿树丛中建筑群掩映，
马达的欢歌直冲天外。
我们的塞上煤城哟，
巍峨的雄姿好气派！

战歌与朝霞齐飞，
喜报和春花争彩。
矿灯汇成地下银河，
鲜艳红旗飘扬煤海。
朵朵高产的红花哟，
矿工们用辛勤汗水灌溉。

电钻卷起股股疾风，
炮声如雷震撼世界；
工作面落下阵阵煤的雹雨，
煤海里波涛汹涌澎湃；
溜煤眼的黑色瀑布哟，
如黄河之水天上来。

多少光源热能，
来自矿井下闪光的煤块；
多少豪情壮志，
来自矿工们炽热的胸怀。
一列列煤车高唱凯歌哟，
朝着祖国的四面八方开。

车车煤炭化作灿烂明珠，
使万里山川大放光彩；
它使矿石炼出钢铁洪流，
让化肥变成稻山麦海。
繁荣富强的伟大祖国哟，
革命矿工对您无限热爱。

煤的高山，煤的大海，
林立的烟囱，沸腾的井台，
共产主义的目标牢记心中，
矿工满怀豪情把煤炭开采。
我们的塞上煤城哟，
迎着暴风雨信心百倍奔向未来！

选自《宁夏日报》1973年5月11日

春　笋

一座、两座、三座……
平地崛起，丛丛春笋把土面拱破；
七座、八座、九座……
密密麻麻，巍然屹立气壮山河。

多么茂盛呵，春笋般的井架，
矿工为你浇灌多少心血；
你给煤城带来春风万里百花红，
你让煤海卷起澎湃春潮涌全国。

井架呵——春天留下的脚印，
井架呵——装扮煤城的春色；
哪里有你春笋般地崛起，
哪里就有战天斗地的凯歌。

选自《矿工文艺》1978年第3期

井下调度站

繁忙的矿井下热气腾腾，
这里在战斗，那里在进攻，
只有几根坑木支起的小煤洞，
坐落在井底车场，是那样安静。

突然，响起一串电话铃，
小煤洞里也有不平常的风景：
一个人同时要接三部电话，
井下高度员真有特殊本领！

围岩大巷贯通喜讯还没讲完，
采煤队又报告日采万吨完成，
十号电车一班拉了千车好煤，
好消息，自制的装载机试验成功……

矿井下的喜讯向这里聚集，
夺高产的捷报在这里汇总，
小小煤洞充满了智慧勇敢，
小小煤洞四溢着欢乐歌声……

选自《矿工文艺》1978年第4期

诞生在幸福时刻

送走接生的医生，
年轻矿工回到房中，
严寒关在了门外，
心中涌现春光暖融融。

看着躺在被窝里的儿子，
粗大的手指在嫩脸上拨弄，
他无限欣喜地叫妻子，
“你瞧，小家伙笑了，金英。”

妻子含笑看他一眼，
红着脸羞涩地把话应：
“刚出生的娃娃哪会笑，
你这个爸爸呀，啥也不懂。”
年轻矿工低头不语，
大眼睛里泪水盈盈。
金英知道他又想起往事，
发生在26年前的隆冬——

妈妈生他无衣食，
昏迷不醒卧炕上，
爸爸刨煤转回家，
从妈妈身下掏出小生命。

“别想过去的事情了。”
金英劝慰起柔声。
矿工抬头说了话，
字字句句千斤重：

“忘记过去就意味着背叛，
孩子，你要牢记在心中。”
金英听了对丈夫说道：
“这孩子长大准是一个好矿工！”

选自《宁夏日报》1981年4月11日

富有的宝库

贺兰山像把古老的青铜大锁，
沟沟壑壑似重重锈迹斑斑驳驳。
紧紧锁往石嘴山宝库大门，
千年万载没有人能把门槛越过。

乘着现代化建设的长风涌来大军，
座座帐篷密密匝匝稠如蓝天云朵。
风钻，是党交给矿工的金钥匙，
打开大锁把人民的万代幸福开拓。

富有的石嘴山敞开了大门。
献出了万丈光明、团团烈火，
贺兰山——扬蹄驰骋的骏马，
驮着石嘴山煤城一日千里飞越……

选自《宁夏日报》1982年6月8日

音乐大厅

罐笼把我们送入深深的地层，
呵，我们一步跨进音乐大厅：
多么雄壮的劳动交响曲呵，
歌唱烈火，歌唱光明，歌唱人生……

这是时代的最强音，
这是矿工们的心声。
饱含着人民的要求、呼喊，
融汇了朋友的期望、叮咛……

高昂的战斗旋律似惊涛拍岸，
一个音符就是一颗燃烧的火种。
不是我们石嘴山特别神奇，
为了“四化”哪里不是战歌雷动！

选自《宁夏日报》1981年4月11日

煤之歌

蓊郁参天，好一派远古森林，
天旋地转，轰然间悄然无存，
看不见翡翠似的绿叶，
分不清金黄色的年轮。

压在地下千年万载，
变成闪闪发光的乌金。
暗暗地积蓄万钧力量，
总有一天岩浆突奔。

啊，党的光辉照耀安源，
轻捷的步履扣响地层大门，
睁眼看到了第一线光明，
矿灯闪闪挥出长剑的利刃……

啊，党的温暖送到开滦，
矿井上下吹拂着春风阵阵，
中国人民开始伟大进军，
煤黑子终于迎来美景良辰……

阔步闯进燃烧的炉膛，
万道朝霞缠绕一身，
燃烧吧，猛烈地燃烧吧，
轰轰隆隆光彩照人。

热献给钢铁、化肥，
光献给城市、农村，
就是炉渣也去修筑大路，
无私无畏献出全身！

谁说你在人间消失？
瞧，机器的山冈、稻谷的金云，
你在烈火中永生，
万里山河永葆你的青春！

选自《平罗文艺》1979年第1、2期

钢铁的闸门

轰鸣飞转的运煤皮带机，
你一条波涛滚滚的乌金河；
年轻威武的选矸工啊，
如屹立河上的闸门一座。

重重厚茧的双手，
好像两扇闸板把大河横锁；
炯炯发光的双眼，
如同信号灯指挥闸门开合。

金光耀眼的煤流过来了，
绿灯大开，闸门里涌出金波；
你神情专注，缜密搜索，
滚滚煤河连接着你的脉搏。

突然，一块矸石夹在煤里，
要想鱼目混珠偷偷溜过；
你像边防战士发现了匪徒，
十分准确地把“敌人”捕捉。

我赞美你，选矸石的战友，
你的生活震撼着高山大河；
“党把我放在这个地方，
就代表整个阶级在这里工作！”

选自《朔方》1984年5期

太西人的儿子

对父辈的事业，
他说：热爱。
问他长大干啥，
他说：当矿工，把煤炭开采。
幼小的心灵把八百米地球深处，
当作未来耕耘的广阔世界。

这世界神话般奇妙，
时刻在他脑海里闪耀七色光彩——
支柱是茂盛的原始森林，
电溜子如同江河奔腾澎湃，
采煤机组好像诺亚方舟，
昼夜不停地航行在乌金的大海……

他说，这不是孩童的戏语，
那是太西煤冶炼出的闪光金块——
父辈开拓了生产光和热的宝地，
流出的血汗点点滴滴聚汇脑海，
前人掀起的席卷矿山的改革浪潮，
哪一次冲击不锤炼他无畏的气魄……

是的，这块土地上的道路还崎岖不平，
更缺少绿树的湖，鲜花的海。
但是这里开始飞闪的改革者的身影，
蒙娜丽莎庄重地走进矿工家庭中来，
精神文明如和煦的春风，
驱逐着愚昧落后的阴霾……

他是太西人的儿子，
向往着为人类把火种开采，
理想融入太西煤里，
对世界之爱在他幼小的心灵深埋，
他的心胸比大洋宽阔，
他想燃烧自己照亮整个世界！

选自《石炭井矿工报》1985年5月7日

刨煤机之歌

采煤工作面像无边的田畴，
刨煤机似驰骋田野的铁牛；
日夜不停耕耘丰腴的煤田，
无坚不摧的刨刀就是犁头。

犁头向坚硬的煤层进攻，
铁牛在煤雨中坚持战斗；
大水冲来，正好洗去煤尘，
顽石挡路，一犁把它铲除。

百尺地下乌金汇成海洋，
矿井涌出煤炭的洪流；
车车煤炭运往四面八方，
千万支烟囱向祖国报告丰收。

刨煤机啊，钢铁铸成硬骨头，
认准目标泰山压顶不低头；
矿工啊，刨煤机的好战友，
我们共同去战斗。

选自《宁夏文艺》1974年第2期

编外采煤工

他不在咱队在册，
却总在咱队上班——
额上的皱纹掩盖不住战斗的青春，
敏锐的双眼能看清煤层的夹矸。

他不“配头”[①]，却攉煤支柱都干，
哪里困难他就在哪里出现——
手上和咱们一样长满老茧，
浑身和咱们一样淌着热汗。

夺煤会战，他是一个“铁人”，
猛攻关键，他一马当先——
他的行动是咱们的一面镜子，
鼓舞咱们继续努力勇往直前。

放炮了，躲炮峒里围坐一圈，
他讲解学习理论的实践经验，

①配头：是工作面分段，每段配备二至三人。

他的话如同灿烂的火花，
把咱们心中的激情点燃。

他说："掌子面里有条朝阳大路，
攉煤锹是一道钢打铁铸的防线！"
他和咱们团结战斗亲密无间，
有他领路万仞高山也敢攀！

咱们大伙都叫他"编外采煤矿工"，
他却说："我是你们当中的一员！"
这样的带头人哪像个"官"，
咱们不叫他党委书记，喊"老安"。

选自《宁夏日报》1975年1月4日

呵！煤

煤是那样黑！
从里到表，
从表到里。
为什么能
　化作光？
　化作热？
　化作力？

我是矿工，
身上能洗下二斤煤泥！
我深知
　煤的性格，
　煤的脾气，
　煤的经历。

煤的史前期，
步步艰辛！
　地壳的压挤！
　高温的烘烤！
　岁月的磨砺！

红花的理想，
绿叶的希冀，
连同大树的
　参天壮志……
变成坚硬的“黑石”！

这是光的浓缩！
　热的汇合！
　力的凝聚！
呵，煤！
挤去了所有的
　水分！
通身剩下的
　是燃烧的分子！
一旦投进炉膛，
怎么能不
　光彩照彻天地？

选自《朔方》1982年第11期

两代情

二百个老盲流，
背着艰辛，
揣着苦涩，
在黑暗的煤洞里，
成了挖煤的。

二百个小青年，
捧着爱情，
怀着友谊，
在巍峨的井塔下，
成了现代矿工。

艰辛、苦涩，
为井塔举行了奠基礼。
爱情、友谊，
为井塔披上了虹霓。

老盲流——小青年，
一条钢轨般的等号！

挖煤的——现代矿工，

一串光辉灿烂的明珠！

选自《宁夏日报》1991年5月26日

支 柱

头上是石头，
脚下是石头，
挺起笔直的身躯，
把地球硬硬地撑开
一条狭窄的缝隙！

从这一颗，
到那一颗，
挽起钢铁的手臂，
把采煤掌子面打扮得
光照天地的一片绚丽。

压的痛苦！
挤的熬煎！
这就是生活！

地球是块大砺石，
磨砺煤矿工人的
人生！

有裂身的遭遇，

有碎骨的危险，

即使只剩下一片

残破的肢体

也投向炉膛……

选自《宁夏日报》1991年5月26日

童　话

矿灯，
把躁动不安的
　情绪，
写在地球的心坎。

电钻，
把汹涌澎湃的
　思想，
化作乌金墨玉的瀑布。

从洪荒中走来，
是激越的
　情感。
肉体和岩石的撞击，
更加坚定了
　信念。

太阳，
升起来了，

讲述着迷人的

　童话。

选自《宁夏日报》1991年5月26日

肖川

肖川，原名赵福顺。历任《朔方》编辑、编辑部主任、常务副主编，宁夏作协副主席，宁夏文联副主席，著有诗集《塞上春潮》《黑火炬》《肖川诗选》。

石嘴山

我曾在四十年前的版图上寻找你
你在哪里，石嘴山？
听老人说，那里有亮晶晶的宝贝
映进眼帘的，却是片片昏褐点点黄斑

你被乱麻似的苦难缠得太紧了
只好把火一样的情感埋在心间
你被磨盘似的暗夜压得太久
一见到太阳，便迸发出冲天的火焰

钢厂的火，电厂的火……一团一团
像长征路上一朵朵怒放的山丹

一区的火，二区的火……一片一片
像一面面鲜红的旗帜吻着白云蓝天

石嘴山，请告诉我
你要为腾飞的祖国贡献多少能源？
哦，那一块块会燃烧的宝贝
正是你从心窝里掏出的语言

石炭井之夜

油井里流油，水井里流水
塞上石炭井，流着乌黑的煤
在明媚的阳光下闪闪发亮
月暗星稀的夜里倍加光辉

夜色已经很浓，像一盘墨水
大山抱着弯月睡了，那么甜美
矿区的灯却醒着，红的，绿的……
挂在峰前如珍珠，洒在峡谷如翡翠

井上——千娇百媚，井下——万物生辉
巷道成了聚光的舞台，煤壁是幕帷
风镐、多头钻，各有各的风采
时代在这里唱歌，举行盛会

夜，已经很深，北斗回悬，河汉低垂
塞上煤城呵，使人焕发又令人沉醉
从井口飞出一团团耀眼的光束
不知是顶着矿灯的小伙，还是闪光的煤？

黑火炬

访你，无血色之黑丑
我却发现如玉之洁如金之贵如花之美

随地壳骚动而沉陷
因憋闷于无名而潜心聚力
侏罗纪的青春树已是今日黑火炬了

被大趋势浪潮扑灭了吗
被崛起的新生林湮没了吗
被信息爆炸击溃了吗
仍是那般执着那般沉实那般凝重
燃烧
夜，惰性与冰雪一起融化
真正的不落的太阳
该是你

天轮飞转

朝日倏地跌进西阿拉善古海
明月与孩童手掷的飞盘坠入峡渊
而眼底龙状山以及鳞间的矿区
以及岩层下的乌金流，却在轰然行进
天轮飞转天轮飞转天轮飞转

从大峰堠到辘轳井到木制觇标到合金井架
到液压支柱
运行的轨迹如镌如镂
何处传来
“阿里，阿里巴巴阿里巴巴是个快乐的青年
噢噢噢噢芝麻开门……”
由狂歌与合成器强节奏热烈音
构成另一种掘进之炮响
每天都有不为钻石玛瑙所动的破纪录进尺

夸父的神话千年未衰
现代山中仍有中世纪骑士
我看到一个酷似堂·吉诃德的影像
在轰鸣的钢铁巨轮下比画着什么

巷道涌出新的冲击波，那人在蛛丝后窃语

“阿里，阿里巴巴阿里巴巴是个快乐的青年
噢噢噢噢天轮飞转天轮飞转”

沉　升

矿车依斜井而疾下
失重之瞬间其感觉若凌空直上
轨箍与车轮与大气共鸣如航天物引擎之轰响
巷岔飞过一束流星
前方透出些许光晕
想是助我高翔的星际站了

愈是沉下，愈是升腾
到吞噬大力与大汗的蚯蚓腹
到人与顽石的角触场
到非空间以外的博大空间
感受一次灵魂之强震
体味天上地下切肤之极差

以上选自《肖川诗选》，阳光出版社，2014年

煤之辞

1

压不垮的生命，

埋不灭的灵魂。

亿万年前

茂密的绿林，

亿万年后

闪亮的乌金。

2

一旦重见天日，

顿时精神抖擞，

跃出矿井，

奔赴车站，

奔赴码头……

3

一块煤

燃不起大火，

一锹煤

带不动列车，

煤最知道团结，
总是成吨成吨地集合。

4
海是运动的山峰，
山是静止的浪排。
而煤呢，
有山的气魄，
海的胸怀；
不然，人们为什么
把它比作山和海？

5
假如没有煤，
我们的生活会成什么样子？

6
它是神奇的，
能催肥金黄的谷穗；
它是美丽的，
能拉出多彩的纤维；
它是甘甜的，
胜过糖的千倍……

但在无知的眼里，
它只是煮饭烧水。

7
严冬，
冷风吹袭大地，
寒云迷漫天宇，
江河凝固了，
连太阳也失去热力，
唯有炉中燃烧的煤，
给我春的气息。

8
煤在燃烧，
石头说，它在炫耀。
可知，为了这光辉的一刹
它付出多大代价？

9
煤粉并不排斥，
愿意一起献身的黄土，
它们紧紧黏结，
在火中欢笑。

10

有人指责它黑，
从外表黑到内脏。
他默默忍受生前的耻辱，
然后用骨灰的洁白，
证明心灵的高尚。

11

石头在火中也会变红的，
然而它并不是煤。

12

有一种沉重的矸石，
莫怪它不想燃烧，
它毕竟是煤的家族，
同在重压下煎熬。
只要往炉中不停地吹氧，
定能唤起它生命的火苗。

13

不要嫌它黝黑，
不要嫌它死板，
只要肯用爱情的火花点燃，
它还会百倍温暖。

14

什么叫全心全意？

什么叫完全彻底？

难道是

哼给别人听的时髦乐曲？

煤，即使烧成灰烬，

也还是沉沉不语。

15

红的玛瑙，

绿的翡翠，

雪白的玉石，

晶莹的珠贝，

色彩可谓缤纷，

身价可谓高贵。

如果只供少数人玩赏，

我宁做黑色的煤。

选自《石嘴山文艺》1980年第3期

赵福辰

赵福辰，宁夏作家协会会员，《宁夏群众文艺》编辑，在《诗刊》《星星》《诗人》《延河》等报刊发表新诗数百首。

火的历程

太阳如火如荼地独唱。
穿过恋歌——
向湛蓝湛蓝的天廓倾洒。

白炽灯掠过流动的星群，
把掌子面烤得滚烫滚烫。
一股颤抖的风，旋转着，
引出黑色的瀑布，
汗水和三伏天的雷阵雨，
在固体的河流上叮当作响。
哗哗……哗哗……

他如醉如痴地指挥着旋转。
使白昼和小夜曲都失去了魅力。

他与立柱共同撑起厚厚的历史，
活力涌进来一次又一次地拉开序幕；
凝固的原始森林复活之后，
沿着长廊去大起大伏，
走向燃烧的高潮。

他是火的采集者！
他是燃烧的地火！
他是火之神！

有一轮月亮爱着他。
有一轮太阳爱着他。
一阵又一阵礼花般的碎雨，
逗得心好痒痒，
以哗哗——哗哗的汗水低吟：
——火的历程！

煤层艺术

走进大自然沉淀的杰作。

煤层。
如黑色的浮雕凝固。

凸出的棱角。
黑色的肌肉，
使我有机会认识一群最初的开拓者，
不愿附在肉体上长眠的精神。
在黑色的光泽中，
那精髓部分被矿灯照亮以后，
不仅仅是火！

我端详着奇迹——

侏罗纪的风景保存得很好。
太阳的升腾图保存得很好。
黑夜覆盖的血河保存得很好。
以及皮鞭，风潮，号角声。
……

为我留下有声有色的群像，
去研究新阳光，
发现风流。

谢谢煤层。
谢谢黑色的浮雕。
凸凸凹凹的力度被雕塑家化作艺术，
塑造了许多像普罗米修斯一样的伟人，
和矿工风骨！

选自《煤炭文学》1986年第1期

秦克温

秦克温，笔名秦中吟，宁夏平罗人。《宁夏日报》主任编辑，《夏风》诗刊主编，宁夏诗词学会常务副会长。1952年开始发表作品，著有诗集《飘香的黄土》《爬格者的情思》《秦中吟抒情诗选》，文学评论集《秦克温文学评论集》《诗的理论与批评》，古体诗集《朔方吟草》。

矿工的妻子

不做拴马桩。当矿山
向男子汉发出召唤，
她亲自解开缆绳，
挥手送丈夫远去，
只留下沉重的思念——
一头缠在车把，
一头系在矿山，
一心耕种两处责任田。

把金秋收进仓库，
又携带丰收去耕耘矿山。
进山就编进采煤队，
编织昂奋紧张的黑夜白天。

汗水挥洒在深井，
洗出矿山一角蓝天，
像丈夫被洗净的被褥，
单身宿舍透明的器皿和地板。
尽管丈夫被巷道诱走，
留给她的只是寂寞和孤单。

也曾嫉妒、埋怨矿山，
也曾流泪，把大块的煤炭
狠狠加进炉膛，只想
燃烧起报复的火焰。
但刚铲起却又不忍心地放下，
仿佛那是丈夫隆起的肌腱
憨厚温馨的脸盘。
只为裹一身清冷
去缝补磨破肩的汗衫。
独自在心灵深处
描绘丈夫开采的春天。

春节未过，她满怀矿山的喜讯，
又回乡间打点农田。
春节，她将提前播下爱的种子，
秋天将堆起金垛——丈夫可靠的山。

选自《煤炭文学》1986年第1期

罗飞

罗飞，原名杭行。曾任《未央诗刊》编辑、新文艺出版社编辑、上海教育出版社编辑、宁夏人民出版社编辑部主任、《起点》文学编辑、《文艺书刊》主编、《女作家》编审、宁夏文联委员、宁夏作家协会理事。1943年开始发表作品。著有诗集《银杏树》《红石竹花》等，部分作品选入《中国新文学大系》。

冬夜，听煤的独白

我知道

我知道
让火燃着……

该发光的时候发光
该发热的时候发热
我不会沉溺于世俗的夸奖

让火燃旺……

能发多少光就发多少光
能发多少热就发多少热

我不会介意于世俗的诋谤

我知道
烧燃了的是死去的岁月
复活了的是逝去的阳光

我真不理解

就因为我曾得到太阳的厚爱
　　我才在今天得以放出异彩
就因为我曾被深深地沉埋
　　我今天才有重见天日的感戴
就因为我曾历经造山运动
　　我才欣然献身今日巍峨壮丽的时代
就因为我又重新钻出了地壳
　　我才知道天多高地多厚
　　我才愿意把所有的能量释放出来

为什么诗人李商隐要歌赞蜡烛？
　　——既要放光又何必流泪！
我真不理解真不理解！

选自《煤炭文学》1986年第1期

路展

路展，原名路福增，历任《人民文学》编辑部编辑、诗歌组副组长，《宁夏文艺》编辑部主任，《朔方》编辑部主编。

羊皮筏子

蓝天、白云、远树，
黄河上迷蒙金雾，
像雨箭掠过水面
羊皮筏子飞向何处？

一叶木浆急急点水，
绕过漩涡急滩险路；
渔鼓道情响亮，
一开口惊起柳莺苍鹭。

给矿山运去嫩菜鲜果，
给公社运回乌金墨玉。

小筏子像锦上飞梭，

织出了美景一幅。

选自《宁夏文艺》1961年第10期

吴淮生

吴淮生，笔名磊子、焦雨闻。安徽泾县人。著名诗人。宁夏作家协会副主席。1945年开始发表作品，著有诗集《塞上山水》《漂泊的云》《新声旧调集》等，诗作多次获奖。

白与黑

——一位煤矿工程师的面面观

也许，他应当去做大使，
当他坐在谈判桌边时，
滔滔雄辩而又彬彬有礼。
是熟用充足理由律的学者？
是制服对手的雄狮？
他，一位来自煤矿的工程师，
衬衫领口是洁白洁白的。

他安静地坐在办公室里，
有市长的从容和风仪。
玻璃窗上没沾一点煤粉，
花盆里盛开红色的月季。
墙上挂一幅矿山“四化”图，

矿山装在他的心里。
煤矿宽大的工程师室，
墙壁是雪白雪白的。

而在工会的周末舞会上，
他以翩翩少年的风姿，
穿一身花呢西装，
鲜艳的领带把火焰燃炽。
踏着探戈和华尔兹的旋律，
舞步像水的柔波，
伴着煤瀑流进他快乐的梦里。
变幻的灯彩洒下缤纷花雨，
他的皮肤依然白皙白皙。

昨天，我们在矿井口相遇，
他，一块刚升井的太西煤，
一块黑色的金子；
眼睛是黑亮的玛瑙，
肤色像黑非洲的兄弟。
忽然，他向我笑了，
露出两排白玉般的牙齿，
装饰着一尊漆黑的塔体！

选自《宁夏日报》1985年5月11日

在大武口拾到的诗

秋风轻轻地拂去沙尘
机器隆隆地洗落煤粉
湛蓝的海水呀，浸透了橱窗
大武口，你是透明的城

大街飘浮起五色的云
花圃缤纷着彩蝶的梦
蝶梦里迷漫阳光的芬芳
大武口，你是鲜花的城

透明的城，鲜花的城
晶亮的太西煤用精魂铸成
满街的明净，遍地的霞锦
流泻出一个城市的诗情

我问：哪一朵鲜花最美？
我问：哪一片橱窗最明？
大武口悄然不语
却赠给我太阳的书籍一本

选自《煤炭文学》1987年第1期

刘国尧

刘国尧，笔名阿尧。南京人。著名诗人。宁夏文联秘书长，海南省作家协会理事。著有诗集《山丹又红了》《爱的旋律》《国尧诗选》。作品多次获奖。

太西煤，中国的骄傲

泰晤士河畔白雪飞飘，
壁炉里点燃一束束淡蓝色的火苗。
那是中国的太西煤，
送给世界的
一个漂亮的微笑！

传说中太西煤的故乡，
被诗人涂上浪漫的色调——
汝箕沟是一座黑色的宫殿。
一群快乐的黑天鹅，
在这里采掘黑色的玛瑙。

当矿山坦露出风貌，
世界才惊讶地望着
东经106° 北纬39° 的焦点上。
这宁夏山沟沟里的一角。
哦！黑乎乎的巷道……
哦！沉甸甸的风镐……
聚多少煤尘，经多少辛劳，
才结晶出这一漂亮的微笑！

于是，一束淡蓝色的火苗，
诞生了世界送给塞上煤城的感叹号：
啊，太西煤，是世界的珍宝！
汝箕沟的矿工，是第一流的
中国的骄傲！

这里，要崛起一座疗养院

在这山桃花盛开的地方，
隆起了矿长责任心的灵感，
隆起了十里黑色矿区的梦幻。
久远的愧疚擎起明丽的宣言：
这里，要崛起一座疗养院！
崛起在矽肺魔鬼游荡的土地，
崛起在煤尘弥漫的空间。

让黑暗中普罗米修斯的风帆，
驶向洁净的蓝天，鲜花的彼岸。
给艰辛、劳顿与疲乏，
以轻松的棋盘，香甜的茶盏。

挖掘太阳的人，
捧出光明世界的人，
理应得到阳光更多的温暖！

渴盼打桩机早日从蓝图中驰出，
我真想为疗养院出点力，
哪怕只是递一片瓦运一块砖。

窗台上，盛开一片月季

走进矿工的新居，
走进现代化装饰的天地。
窗台上绚丽的月季盛开着，
用馥郁的芳香致欢迎词。

哪里去了？椎心泣血的矿史里，
“德昌炭厂”那座地狱：
黑窝棚里拉帮套的群居，
煤末子上奄奄一息的残疾……
汝箕沟用高反差的蒙太奇，
省略了关于巨变的一切注释，
嘲弄着命运的呓语，
向世界传递着矿山的春消息！

窗台上盛开着水淋淋的月季，
盛开着属于这个时代的诗情画意，
组合起阳光和风和春雨。
默默地祝福吧！
让夜的温馨，日的明丽，
永驻汝箕沟的每扇门窗里。

万里鹏

万里鹏，原名陈琢如，宁夏人民出版社编审，1956年开始发表作品，著有诗集《喷泉》等。

沸腾的矿山

攻关！
不论在地面机房，井下煤掌，
到处有这样动人的场面；
几盏矿灯围成一个圈，
向关键展开一场进攻战！

老师傅总爱冷静地思索，
姑娘们喜欢热闹地争辩。
集体的智慧在矿灯下闪光，
图纸上留下汗珠滴滴，油迹斑斑。

这时候，粉笔成了廉价的炮弹，
煤壁或地板上留下簇簇箭头，条条粉线：

一条粉线，一个难得的创造；
一个箭头，一个进攻的方案！

于是，我想起战火纷飞的岁月，
指挥员布置战斗站在图前：
一个箭头，把一片高地占领；
一个圈圈，将一股顽敌围歼……

今天，作战图换成建设蓝图，
我们在为共产主义挂瓦添砖：
一笔，一座井架在荒野崛起；
一画，牵来灯火，机声一片……

我们面前，多少障碍倒塌，
我们脚下，多少困难踩烂。
进攻，勇猛地攀登新高峰，
四个现代化将在我们的汗水中展现。

帐篷的怀念

远景：贺兰山；近景：帐篷。
照片是我们当年生活的见证。
望着帐篷边升起的炊烟，
仿佛听到当年豪迈的歌声。

风，在这里日夜掀起狂飙，
狼，成群结伙瞪着闪着绿光的眼睛，
山，把水紧紧搂在地下，
妄图撵走英勇的勘探尖兵。

风吼狼嗥，吓退了懦夫，
却把创业者锤炼得胆赤心红，
旱魔舞爪，惊走了懒汉。
却把建设者的肩膀磨硬。

于是，歌声招来钻声嗒嗒，
帐篷边的井塔直上云中；
于是，钻声引来春声阵阵，
帐篷化为一座煤城。

整洁的街道，宽敞的马路，
无不是创业者的心血凝成；
火红的捷报，彻夜的明灯，
无不是建设者的智慧的结晶。

今天，早不见当年的容颜，
采出的乌金如江河奔腾……
我望着这帧珍贵的照片啊，
时时把我的怀念思绪牵动。

从帐篷变成一座煤城，
这就是历史发展的途径；
在煤城怀念当年的帐篷，
怎不教人把创业的艰辛牢记心中！

更衣室里……

澡未洗，衣未换，灯未交，
更衣室里，有位小伙子写报导，
汗水直流顾不上擦，
饿、渴、累、困全忘掉。

你看他全神贯注多专心，
只听得笔尖沙沙纸在笑；
你看他集中精力多认真，
一腔激情犹如煤浪滔滔。

此刻，仿佛回到沸腾的矿井，
钢铁轰鸣，势如山呼海啸！
人人心中有宏图，
煤海摆战场，雄兵称英豪！

风钻前，岩石和进尺齐突破，
溜子里，原煤和指标一超再超，
煤仓口倾下乌金的瀑布，
写就张张火红的捷报……

录下动人的战斗场面，
映出崭新的时代风貌。
滚烫的语言，炽热的感情，
全在纸上闪光、跳跃！

看到这场面，令人感动，
谁也没有去把他打扰，
指导员轻轻走到他身边，
放下一杯开水，两块面包……

选自《石嘴山文艺》1979年第1期

宋长利

宋长利，神华宁煤集团法律顾问处律师。

山的神话

没登珠峰“一览众山小”
却看贺兰总比众山大
因为它蕴藏一个
比山还大的神话

传说远古有个勇士
手握长鞭放牧一群骏马
找不到水草就怀疑天空
日月轮转是魔镜戏耍
正面的白昼阳光照耀
背面的夜晚月光挥洒
勇士恼了　要摘下魔镜
挥鞭劈开青铜古峡
魔镜逃进河水里轮转

星星被踏在奔腾的蹄下
群马长眠变成贺兰山
横卧千里挡戈壁风沙

而今神话变成现实
现代勇士到山中搞矿业开发
矿灯的光束劈开夜幕
采煤机切割片片云霞
唤醒火龙驹冲出井口
踏遍神州追梦的蹄花

选自《西部新韵》2015年第9期

杨云才

杨云才，1965年生，现为宁夏大学副研究员，发表作品百余万字，有诗歌被译介到国外。

舞　会

就要回井队了我们这帮井下工
下井之前再上上舞场吧
那帮奶油小生膀不阔肩不宽
西装在他们身上他们在舞场上都很一般
乐队注视我们那帮昂首的剧团姑娘
张开蝴蝶的翅膀对准我们
我们跳劳动的节奏跳生活的节奏
我们跳土地的调子跳阳光的调子
我们的肌肉里注满了阳光
我们把自己跳成
不可制服的早春的阵容
生气勃勃的吐绿的新生林
从世界的这头跳到世界的那头

舞场上我们斯斯文文
这之前我们是大山里的拓荒谣
面对秃山石大漠风
我们看着深深的矿井想想头顶的白云

然后用男儿的豪气
把孤独磨成太阳挂在天上磨成月亮挂在天上
圆圆的太阳圆圆的月亮让大山辉煌
让我们辉煌随便什么曲子我们都跳得带劲
我们的左脚是甜蜜右脚是得意
平稳的甜蜜均衡的得意让舞厅辉煌

选自《煤炭文学》1986年第3期

张廷珍

张廷珍，女，宁夏作家协会会员，《宁夏能源报》记者。2004年荣获中国煤炭记协“双十佳”记者，著有诗集《倾听》，散文集《野史的味道》《隔岸风云》《倒挂的玫瑰》。

天堂之门

天堂之门为谁洞开
我在岩缝里
只借一瓢月光
就可在煤壁上
栽一束千年不败的太阳花
完美且永恒的花瓣
从头顶
洋洋洒洒地飘落
植在煤的肩上

亲近煤　这神圣的精灵
总让人在柔肠寸断的午夜

谛听遥远的地层
安泰心跳的声音
谛听风钻
碰向太阳的声音
就这样每天从子夜开始
我一步一步向煤走近

月光融融　照亮
岩石上的文字
照亮与阳光共舞的煤层
起舞的矿灯
喝退冷眼观望的黑影
轻柔澄澈的微风
徐徐开启所有的阳光之门
璀璨的七色光
将矿工坚硬的骨髓
铸成井巷里
成色十足的黄金

煤之魂

今夜我是啄木鸟
在曲曲折折的煤巷
凿一条笔直的通道
当金质的叩击声
驰过煤层和岩石
煤之魂就会扶摇
直达苍天的船篷

每次乘坐罐笼
总有一种奇妙的高度
自脚尖掠过发梢的升腾
沉醉之后
便温柔地想起
与煤度过冬季
在一页阳光的照拂下
拥着煤狂舞至天窠极顶
那时　雪落满地
将所有的瞳孔
洗得干干净净
我的矿工兄弟

你还以最古朴的姿态
种植热血沸腾的正午么
坐在灿烂的灯光下
一遍遍凝视你的背影
我忍不住想哭
为渐走渐沉的路
我必须把自己铸成
青铜一样的文字
当你和阳光一起散步时
我为你泅渡夜的影子

和煤一起上路

和煤一起上路
让我浓稠的目光
稀薄的秋天边缘
血红的巢穴
走在路上
掌子面弥漫而来的热气
烫化了逼近石头的妄想

这个冬天
我必须捧出冒汗的灵魂
打通阻碍我前行的黑墙
尽管体内有伤
我还必须让钻杆上的小花
在布满煤岩的掌子面开放
暮色中学会调度头顶的星光
让越长越密的喜悦
静静停泊在玫瑰枝上

和煤一起上路
这是冬日雪后的早晨

飘落的雪花吻着煤尘
血的意想远远向我张望
当矿灯似喷泉闪亮在巷道
阳光如母亲一样
抚慰我鼓胀的脉管

和煤一起上路
我就想
栖在鹰的翅膀上
以优美的体态
晒一会儿太阳

以上选自《煤海放歌》，宁夏人民出版社，2008年

太阳进行曲

现在我们开始在原野驰骋
青春的手臂在金色的阳光下
划过一道道优美的弧线之后
我们的旅行就这样启程了
上升的罐笼是胯下的骏骑

耳边呼呼吹过的风带动衣襟
似生机盎然的世界里
起伏的山峦掠过浮动的云层
进风口那新鲜如初的微风
徐徐拂动头顶明亮的矿灯
像是心上人柔柔的笑声
我们年轻我们潇洒
我们不想有太多的忧烦和沉重
当隆隆的割煤机切过之后
我们也想悠闲躺在
并不时新的高背沙发上
听一曲理查德的风琴曲
在《秋日的私语里》
把那条飘动的红丝带

像王子一般《献给爱丽丝》
更多的时候我们会把
录音机开到最大的音量
让《命运交响曲》
锻塑我们并不彪悍的骨骼
让那柔情似水的女子
在血色黄昏的景致中
体味同山的气度
海的冷峻
我们矿工的愿望
就是让太阳从我们
宽阔的胸膛里冉冉升起
青春的热血在风雪中燃烧

寻找光明

沿着悠悠黑色的长廊
去追寻黑色河流的源头
这是个寒冷的早晨
所有的河流都寂寞安详
走进山坳避风的地方
远远望见山顶小屋
一支明亮的灯光
仿佛是暗示我前进的方向
辽远的天空中
一群无名的小鸟
从这里高高掠过
唯有这黑色的河流
沉默得如同山一样
亿万年的忧郁
千万人的求索
把沉默铸进煤的骨髓
把忠贞铸进矿工誓死不悔的信念
沉默便成了它唯一的尊严
存在证明着它的价值
金色的凤凰在河边翱翔

微风送来鸟儿动听的吟唱
黎明的长钟正在敲响
这不尽的河流在欢快地流淌
流淌……

选自《贺兰山》1992年第3期

薛秀兰

薛秀兰，女，宁夏作家协会会员、诗词学会会员，宁夏著名诗人。先后在《宁夏日报》《朔方》《中国煤炭报》《煤炭文学》《西部开发报》《工人日报》等报刊发表诗歌等文学作品数百首（篇），诗作多次获奖。著有诗集《贺兰山情歌》。

宁煤人

是绿色生命凝结成
永恒的灿烂辉煌
是采煤大军甘愿将
血汗升华成燃烧

五湖四海的兄弟
为了一个“煤”字
离开新婚的爱妻
抛开白发苍苍的老母亲
不留恋东北的白山黑水
割舍了江南的杏花春雨

这些兄弟
就成了宁煤人

宁煤人，是
高举着火炬照亮长夜的丹柯
至死不渝追寻太阳的夸父
敢于地狱盗火的普罗米修斯
宁煤人，是
无私奉献的人
心灵最美的人
高呼着
我是煤
我要燃烧的人

宁煤人的含义
就是高发热量的
太西乌金
就是纯洁无瑕的
黑玛瑙
就是一首
最美的歌

选自《西部新韵》2014年第8期

煤城恋

还在母腹里的时候
我便呼吸着煤城的空气
玩过煤泥
拣过煤核
背过煤筐
那是我的童年

仰望天轮飞转
我曾想象着
地层深处
爸爸和叔叔的事情
当我开始懂得
社会主义和开发大西北
高高兴兴随着父辈
告别老矿区来到新煤城
在塞外一隅的黄土地上
用青春和汗水
描绘现代煤城的风景

是少女崇拜

普罗米修斯的热情
在煤中之王的故乡
一对年轻人
结为终身伴侣
江南妹成了一位采煤工人的
娇妻
像母亲一样
我生下自己的女儿
像母亲一样
我天天期盼着
采煤的亲人
我比母亲多的
是一颗现代人心中的希冀

我向往过矿区的街道
像家乡一样开满鲜花
矿工的新房里
拥有厨房和卫生间
每家都有彩电
冰箱和收音机
孩子有电子玩具
退休职工有娱乐厅
美好的理想
是不折的金翅

载去旧日的荒蛮和贫瘠
载来今天甜甜的欢乐和富裕
在“四化”路上
父辈儿辈共同拼搏进取

美好的理想
是诱人的美酒
冥冥中
有人沉湎黄金梦乡
冥冥中
有人虚度日月光阴
一度
我误入歧途
寻寻觅觅
在柴米油盐醋的日子里
一脸厌倦庸庸碌碌
在忧愁哀怒的时光中
期盼罗曼蒂克
大都市的繁华
乱人方寸
赶时髦找感觉
离开亲人和矿井

霓虹灯看久了

叫人心意乱
迪斯科跳多了
使人感到疲惫
街上行人很多
但来去匆匆高傲冷漠
怎不令人
想念矿山的亲人和夜的火热

女人们为什么总是犯傻
脚踏实实在在的大地
却渴求那缥缥缈缈的彩虹
丈夫的臂弯
才是女人幸福的归宿
重归煤城
倍觉煤城的亲切
每一座矿井
每一个人
每一块煤
都给人以温馨

矿山女人

莫道女儿情窦初开
妈妈才开始
回味爱的甘醇
想唱一支歌表白心意
怕人听见笑痴
想写一首诗留作珍藏
又不会手法的朦朦胧胧

四十岁的女人
不该带着爱的缺憾
再忍受四十年岁月熬煎
矿山早不该有
这么多的荒蛮和压抑
矿山早不该有
这么多的光棍和寡妇
矿山的女人
更有女人的情愫

女人眸子燃烧的火焰
能融化男人的每一根骨头

有女人的地方
就有写不完的故事
有女人的地方
就有说不完的神韵风流

矿工的妻子
是幸福的
即使她们的男人
走向大地深巷
永不回头
丈夫的爱和温暖
也会随着滚滚乌金河
流入她们的梦中

以上选自《贺兰山情歌》，中国广播电视出版社，2004年

宁东煤化工基地畅想

打开尘封亿万年的宝盒
这远古的鱼虫花鸟活了
欢跃的精灵
在中国宁夏　化工的摇篮里嬉戏

燃烧的黑火炬
使煤化工异彩纷呈
给今天的人间送来美丽芳香
甲醇　是毒蘑菇散发的咒语吗
戈壁滩　飘荡着的幽魂的魅影

宁煤人说，他们找回后羿射落的
一个太阳
煤化工，是它的一张新面孔
银屏做时装　微波为坐骑
亮闪闪　新丝路上惊艳了宁夏山川大地

选自《西部新韵》2015年第7期

靳光明

靳光明，笔名观明，石嘴山市作家协会会员、新闻学会会员，《石炭井矿工报》总编室主任。在《中国煤炭报》《宁夏日报》《宁夏煤炭报》《石炭井矿工报》发表过诗歌、散文、小说等作品。

选煤楼

为选合格的“新娘”
盖起这高高楼房
七筛、八选挑挑拣拣
过去，“皇帝的女儿”不愁嫁
现在，不打扮漂亮不“嫁人”

选自《中国煤炭报》1983年3月26日

灯　牌

每天，你给我考勤
就像一块　小小的电脑
记载着我劳动的艰辛
和喜悦
每天，我用你领取
我心爱的矿灯
领取一颗星星
领取一片光明
我走向地层深处
去开拓红与黑的里程
你留在地面的灯房
默算着我用汗水换回的
热能
我升井了　你最先和我握手
像一枚奖章　飞向我的心胸
而这时　矿灯累了
闭上熬红的眼睛
去做一个发亮的梦……

选自《石炭井矿工报》1983年11月29日

阳台上的琴声

在北方
贺兰山深处
一幢楼房的阳台上
他宁静地望着谱架
把希望和幻想
融进细细的琴弦

前方
是飞转的天轮
地层深处
是盎然的春天

那里
天天都在演奏
光和热的交响曲
他已是一名合格的演员

他是劳动者
需要体魄和力量
但他来不及喝一口水

吸一支烟

他要用琴声把疲劳驱散
他要用音乐塑造
一个矿工的形象
天空开始出现星光
文化宫已灯火辉煌
他坚定地去了
他自信地去了

选自《石炭井矿工报》1987年5月15日

张彬

张彬，宁夏作家协会会员，中国煤矿作家协会理事，宁夏杂志文学会会员。获得“乌金文学奖”等各类文学奖项20多项。著有《红磨坊》和《城市与山水之间》《时间的划痕（诗歌卷）》《时间的划痕（小说卷）》。

枣　泉

太阳来到枣泉，就会化作巨大的一颗枣
她的色泽，让暗地里的草尖更加向上、挺拔
风跑过的湾地，带动的不是沙子
轻佻的上扬，而是大片的蒿草蓬松的头冠
是青鸟的翅膀掠过一撮芦苇带水的湖面
是两条轨道呼啸在漠野并举的光线

如果不出我的料想：暗河里一定
有沉睡的鱼群；深埋的阳光下
一定排列着硕大的树木、草茎

现在，它们都——变为发光的种子
只要我的手轻轻一摸，会有火焰
立即升腾起800米的高度

马家滩

她以她的母乳输养着工业的血液
她曾经的绚烂辉煌紧随着夕阳落下山洼
但没有多少人知道，她的输油管
找到了厚实的煤层，像伯乐摸到了马脊
现在，在冬天的尽头
春天已经翻过背阴的山洼，我相信
只要那一湖冰水在阳光下潺潺化开
那一地坚韧的沙地植物徐徐冒出新芽
那88万亩滩头上，就会有一匹马
鬃毛猎猎，撒着欢地溅开飙风的蹄子

麦垛山

她的名字让我想起家乡的草垛
那里仓储着牲畜越冬的食粮，那里
有两只嘀嘀咕咕刨食的土鸡，安卧着
一条晒太阳的家狗，那里
我的童年躲进了迷藏。而她
不是一个如山的草垛，她是一个
煤矿的名字，但一样具有麦垛的意义
她将为工业提供粮食，也为化工
提供原料。当秋天收下沉甸甸的硕果
我相信国徽的麦穗中会有她金灿灿的一颗

红　柳

这些苦难的孩子，越苦难的环境
越让她们变得不卑不亢。她们以自己
穿越流沙的根须嘲笑了温室里的花朵
她们以自己淡红色的小花让看似枯死的老枝抽出新芽
她们的心房里安坐着济世的“观音”和“菩萨”

春天，她们直面风沙的肆虐
将阳光的金币在口袋里存放
让拔节的时光向着夏天一路疯长
然后，她们穿上一色的工装
顺着地层深处一寸一寸将已经消失了
亿万年光阴的，另外一个秋天的门扉打开
将黑色的玛瑙、温暖的光源、橙黄
金子，一一回馈给大地

此时，冬天像一匹野游的狼
乘着飙风的风车，挥舞着
狂沙漫卷的利器。但在红柳的
眼里，这些仅仅是电影中渲染的片断
她们只需点燃手中的火把
再大的雪也会乖乖地举起白旗

梅花井

我愿意把她的名字看作诗意——梅花井
我遐想的泉眼里汩动着她芬芳的意蕴
不仅迎雪吐艳，凌雪飘香，铁骨冰心
她的花朵开满四季，四季如春
甚至戈壁，甚至人迹罕至的沙地
她都能够不屈不挠地扎下根去

我甚至觉得，她的名字
都可以用来取暖，一股暖流里
含着花香的气息。她的品格像
不畏艰险的矿工，她梅花的火点
暗合着煤炭的光焰。这样想着
我仿佛看见她们一并井喷的热源

磁窑堡

那些白的、青的、黑的、褐釉的
茶叶末釉以及酱红釉的瓷，依旧
用前世的日月，散射着今世的光华
一把泥土和着一掬枯风，一双
巧手侍弄一脉炭火，糅合锻造出
陶瓷的肌理。很多人来到磁窑堡
都想融入明代的画轴里，想
在历史的深处，留下自己鲜活的
影子。即便如此，那些
散乱在遗址的碎瓷片上，依旧
可以看到一些图画还没有完成，一些
图案还需要进一步润色，一种期待
还在巴望。那巴望里的磁窑堡
像是一个春心萌动的少女
一点微微的火光，便能将她热情的
碎子炭点燃，当泥土喊出水的名字
你便能看见清澈的绿在西天河两岸开始弥漫

羊场湾

风踏翻了云朵，扬起了黄尘
细沙顺着陡坡的漠野向上攀升，杂草
吹出哨音，树在摇撼当中沉默无言
顾名思义里的羊群，已经走出了沙化的草场
沙砾锐利的尖叫，不是爱着羊的狼布置的稻草人

这里有一群追赶森林海的人，高调，激情
充满信心，他们的身上晃动着普罗米修斯的勇猛
他们相信：文化是盏航灯
他们手中的火炬，一泻漫过高高的选煤楼
为僻静的矿山，镀上一层炫目的暖晕

他们赶走饥饿的寒风，为我铺开清朗的
梦境。漠地上旋转出的一轮轮线条
被我看作了唱碟上流水的写意，滋润我
内心的花朵开始催发，一片草原开始发芽

清水营

除了史书，已然没有人记得
这里的战乱，以及战乱后的喧闹繁华
《志》云：卫城东南百二十里黄河东南
清水营者，灵州之咽喉也
即便，时光漫漫，她亦败落
但她的荣光毕竟曾经有过
打马南山，刀枪卷起
平淡的光阴何尝不是一场硝烟之后
所要获得的目的。而我
之所以如此安然地散步，是因为
我头顶着和平的时光，无须躲避
枪矢箭雨。太阳投下古城的轮廓
天空的辽阔尽收蓝色的湖水，草
长得随意，鸟飞得并不惊心
我知道，这安静的下面
藏着巨大的秘密，囚禁着熊熊地火
它们压抑的热情已有千年万年，只等着
打开地门的那一刹那，它们便会旌旗
猎猎，咆哮滚滚，迸发出向上的火焰

石沟驿

我以她的命名勾画出想象的场景
烽烟燃尽，白鸽掠过新新柳色
一场初醒的大梦，坐于太阳临照的窗棂下
昨夜，那匹疲惫的驿马
已经卸下了缰绳，停驻在东山头上一蓬青草的对面
雨后的高岗下，一袭白地，山洪洗刷过的沟坎
黑色的裸石蒸腾着热气，被太阳抚摸
黑得粗糙丑陋，黑得发亮发光
掉着沫的黑里居然包藏着火红的奇异

现在，我就和石沟驿站在一起
她更像是一位慈祥的长者，坚韧、耐劳
不为时世的变更唏嘘，不为迟暮叹息
她用她的余热焐暖沟岔间等待回春的草木
让我澎湃的心愿意把自己看作那匹想象中的马
就像鸟儿插着翅膀一样，既然大地为我
呈现了丰美的青草，既然上天
给了我疾驰的蹄子，我就要越过高岗
以我不作停歇的意志，传达这里火热的消息

鸳鸯湖

硬骨头的沙棘、柠条，一根筋地
坚守在风吹疾走的漠原沙地，与
戴着铠甲的黑色甲虫迎风高歌
向着工业园区的绿化带靠近

据说这里曾经草木丰美，湖泊旺泽
有成双成对的鸳鸯在水中游弋。据说
此间，有过一咸一淡的两个湖泊
她们相依相伴形似鸳鸯，便有了鸳鸯湖的名字

我能想象得出，那只饥渴的水鸟
在发枯的草茎上遗落了怎样的伤情
但我一样相信那不朽的草木中
肯定深藏着不为人知的美好愿望刻骨爱情
那动人的情景就在光明绵长的金线里，一定
缠绕着历史记载的一段铮铮回音
那里，存在着人与自然相处的秘密
那里，储存着草木与火焰的和谐情蕴

选自《煤海放歌》，宁夏人民出版社，2008年

伏朝阳

伏朝阳，笔名安剑，宁夏平罗县姚伏人，宁夏作家协会会员，曾任汝箕沟煤矿宣传科副科长。

致煤海

一

再也不像第一次那样拘谨了
小心翼翼地让步履连同灵魂
迈进八百米深处的黑色领地
热望冷却后
风靡的流行色依然闪烁

为什么
你那炽热的情感
你那无坚不摧的意志
可以吞噬黑暗和寒冷的冬季
却无法融化千千万万矿工的
佝偻躯体

二

一双双沉重的矿靴
碾着一寸寸黑色土地
掌子面发酵出鲜灵灵的思想
天轮缠绕着不绝的清幽
红与黑的苦恋
在炼狱中销魂夺魄肝脑涂地
突然飞溅而来的黑雨在侵扰我们
不，我们不怕
吸尘器伴着我们的口哨
吹奏拉德斯基进行曲
幼儿园里小鸟的雀跃
家属楼上万国旗在显示甜蜜
那是孕育秀麦钢花的精灵
那是赤诚和厚爱的洗礼

祝贺你
黑色的煤海
这种绵绵不绝的感受
将会融化沉睡的南极北极

三

我痴情地等待
那只相思鸟翩翩游弋
可老掘们却说
相思鸟的爱情是属于春天的
她们花枝招展在公园或者舞厅
我领略的　只有
风巷口边那倔强的山桃山榆
还有矿井山岩树丛下
生生不息的褐马鸡

明媚的阳光属于地上的人们
我，却一无所有
沉默下去吧执着奉献吧
用一片炮烟裹着诗集
放声高歌绿色的期冀

收获阳光

五月的矿山格外骚动
甜蜜的嘴唇企盼热烈亲吻
春风拂散井口丁香山桃的韵味
彩旗渲染着夺煤祝捷的红晕

矿工的心房和着采煤机组搏动
煤海传扬着拥抱太阳的笑声
翻滚的光缕绽开着黑色花翅
现代装备载着矿山展翅飞腾

乌金墨玉肆意裸露诱人的胴体
勇敢地放飞光明的鸽群
流盼的春水慰着群山的褶皱
新的规划点燃矿工不息的激情

今夜黑哥们儿伴着俊俏的维纳斯
陶醉于卡拉OK的唱和之中
炽热的爱传感千山万水
粉红色的花儿分外多情
明日流盼西子湖畔的晚霞

象鼻山下吟一曲缠绵的乡音
丰收的太阳培育世界情感
车拉船载传送黑色真诚

灵魂在长夜里一次次冶炼
血泉燃亮祖国的脉搏和青春
祖祖辈辈在地球深处不断求索
明朝又去收获鲜亮夺目的巨轮

年轻的矿工

为了一个又一个饱满的黎明
我们陌生了太阳和月亮的身影
春天的花絮
也早早地远去了

只有放炮的日子
让所有的煤岸
在四季里荡漾
我们的年轮
不再稚嫩
无数青年的热血
点燃亮闪闪的笑
翘起双唇
传播火的消息
在巉岩中掘进
在匍匐中开采
打开密密匝匝的禁锢
寻觅太阳的故乡
我们
用疲劳和汗水拧成一个钢丝绳

从地心拽出一个又一个崭新的黎明

你下井了
妖冶的黑色女神诱惑你
断然拒绝我们痴情地投入
系上我们用心儿蓄的红腰带
你下井了

这里是阳盛阴衰的世界
掌子面是男人的
采掘机是男人的
你和所有的男人一样
深入白夜的腹地
采撷太阳的光辉
你下井了

三千三百三十三架断层里
凝聚着月亮女神的秀发吗？
六千六百六十六个工作面上
抒写着炽烈而醉人的情话吗？
九千九百九十九里长的巷道里
有系着红绸丝带的波斯猫吗？
白天是黑色的夜晚是黑色的
山峦是黑色的矿工是黑色的

在浓缩庄重的色调中
原始的爱粗犷的爱诚挚的爱
浪漫的爱细腻的爱
都在求索奉献时刻骨铭心
都在裸露赤诚时生长壮烈
你下井了

你热爱光明中生长的春天
你热爱用笑的花环
把矿帽矿靴作为时装

我愿化作甘甜明澈的溪流
陪伴你
把我滚烫的厚爱
融入情深意长的季风
缠绕你
用销魂夺魄的碰撞
燃烧成黎明前火红的曙光
你下井了

选自《宁夏文学作品精选·诗歌卷》，宁夏人民出版社，1999年

莫叹

莫叹，原名王景彦，宁夏作家协会会员，在《人民文学》《民族文学》《青年文学》《朔方》《春风》《新大陆诗刊》等国内外报刊发表中短篇小说、诗歌、散文、童话等作品，多篇作品获省市级文学奖。

复活的太阳

往古往古往古往往古古
那时的历史还没有皱纹，没有
胡须，没有沧桑的黑霜
那时的历史刚从宇宙之母分娩
一身玫瑰的血红带着一股早春的气息
稚嫩的嘴角滴落醇香的奶乳

她在贺兰山下伫望久久打量打量
像热恋中的少女有太多太多的渴望
爆炸爆炸在朔方天地
太阳石的碎片飞射千点万点金簇

刺破荒凉的寂寞为未来的岁月
勾勒出一个镀金的轮廓
煤城在太阳雌性的孕育之中
——开始生命的大面积的蠕动
给还有些破旧痕迹的煤城
填写上一页炫耀世界之日的履历

煤化石的注释

洪荒年代
地震的裂变导演一场严酷的悲剧
历史像棕褐色的胡藤　缠绕着
错综复杂　错综复杂缠绕着历史
你身居被扼杀了白昼的黑暗
整个地球的重量压迫着你
你这原始的弃儿回到人类视野的时候
黑枯的身躯已成为夜的一部分
春天赋予你的绿液不再流溢
生命的源流已随生命远去
但绿色的象形文字和脉络图腾
不是甲骨文的简单复印
你是新挖掘的达尔文植物学论文

物竞天择　你没因失败而惭颜无色
同类的生长占据你的位置
占据你的阳光和你的黄皮肤土地
但你通过历史沧桑　植物变迁
通过古朴　用没有生命的生命宣言
让人类辨析着生命的进程

选自《煤炭文学》1987年第1期

高玉虎

高玉虎，笔名高寒，宁夏作家协会会员，宁夏作家协会理事，石嘴山市文联副主席、作家协会副主席。《贺兰山》杂志副主编。

走进矿山

走进矿山
听到叮叮当当来自地心的声音
从石缝间跳跃出来
颤颤地抚摸着山脉
慰藉着脊梁的化石
那个久传的补天的故事
以坚硬的石头为文字
耸然突兀着布在苍穹间
不老的精神像风一样
四处流传
以所有的未来的确信
走过来的日子

都是用火熬炼
火是最为珍贵的粮食
日益强壮的岁月
更需要火的滋养
走进矿山
走进的是火的故乡
由火煮成的钢铁
正铺开掘进的道路
向地心延伸
在运输太阳石的路上
疾速的矿车旁
成群结队的人
正在为收割火的庄稼
从井筒里出来
又朝井筒里走进
（在粗壮的脉管里
该把他们想象成是澎湃的血液）
历经曲折艰辛和黑暗
由于他们一次次的升井
太阳才挂在了山边
走进矿山
走进的是太阳出生的地方

矿　井

一条精神的河流
意志的船
负载着沉重的愿望
在日夜不停地运营
脚步，作为独特的浪花
洋溢着奋进的情绪
使那些活跃的矿车
像快乐的鸟儿一样
迅速地飞驰
矿灯的光芒
是葳蕤着的水草
在声音的风中摆动
轰鸣的爆破
那是最为美妙的歌唱了
在河面上传诵
壮烈的激情
擎山的立柱
排列为岸
使坚定的信念
永远也不会塌方

攉煤的举动

属于最完美的姿态

产生出无比超逸的气象

让河流的风情

充满了火的内容

矿井哟

输送的是太阳

和太阳般永恒的精神

矿山夜

矿山的夜里
钢铁的相互撞击
传出明晰的韵律
雄浑的天地之间
这活跃的音乐
浓郁得就像风一样
聚敛着温暖的辉芒
星星和灯盏
这大智大慧的灵动
闪烁在厚重的天幕
给嗅觉送来太阳燃烧的味道
汽笛是明白的告示
让所有的心灵都清楚
爱是一种怎样恒久的耐力
声音使夜色真的如歌了
所有闪亮的内容
都是歌的音符
就跳跃在眼前
展示出生命的辉煌
山，作为夜的峻峭的背景

顺着出渣矿车堆山巨响的指引

我们便可看见舞动的矿工

这些太阳人

那气度大方潇洒的身影

选自《贺兰山》1997年第2、3合期

宏扬

宏扬，原名王洪儒，神华宁煤集团煤炭基建公司土建高级工程师。

矿山脚手架

摊开建井工程预算表
横线竖线稳固结合
才能和阳光月光交叉
立起矿山脚手架

一笔一笔阿拉伯数字
必须用吊塔起重
没有豆腐渣施工
名字数字都不会轻如云霞

大锹和算盘

正如第一次使用采煤机
地心动脉就血压升高
我第一次使用计算器
算盘13柱91颗珠
就列队游行
抗议我把老朋友弃抛

正如我最后一次放下算盘
计算器跳出包装盒
在一旁观望
看我欢喜还是烦恼
其实该感谢算盘和大锹
计算和挖掘多少微笑

选自《西部新韵》2015年第5期

张开义

张开义，原名张开翼，1969年7月生于灵武市，曾在煤炭系统工作，在宁夏和全国征文中多次获奖，作品收入《灵魂的露珠》一书。

黑的变奏

这里水势幽深境界幽深
属于我黑黑的海里　一切都
沉默了很久　你们这些爱游泳的汉子
像一群黑翅亮眼的水鸟　浮游自如
我常看见你们多血质的翅膀
在满是灰尘的乌云中飞翔
此刻　时空中会有一种挥镐的声响
很疼地传来　诗人呵
我为什么热泪盈眶
你们唱着歌　在我黑暗的骨髓中穿行
在我孤独而忧伤的尘渣深处穿行
无日　无月　无星
唯有头顶亮着的现代灯具

凝若目光深处黑色的火炬
义无反顾地潜入　潜入　潜入
那些遥远的日子啊　黑黑的火光里
我的思想通体透亮　我仅是一座
黑黑的海　包融自然之光　包融
亿万年前一座大森林的血脉
大森林很深很美　有一只可爱的雄鸡
在森林之晨长鸣　那是一把沙哑的铜号
天空很蓝很蓝　阳光很暖很暖
生命们各自安闲地过活　忽然有一天
天摇地动　一场无法阻挡的黑色的
灾难降临　日神在上界发出哀叹之声
一切都顺其自然吧　一瞬间世界覆没了
以后我的皮腐烂了我的肉腐烂了
以后的以后连我的骨头也相继腐烂了
在一个亘古不醒的梦中　在那个
有恐龙的年代　饱受沉沦委曲闭塞狭窄
我在一片腐烂声中窒息
感谢你呵开掘者　是你的利斧让我
固体的头颅重见天日　火苗流动着
无上感激　你们满脸彤红　我就是火
燃烧　是我万年不灭的爱
你们的心情如我感知的分娩
化腐朽为神奇　我是流动的生命

有血有肉的实体　无穷光和热情
石破而天惊　黑黑的海域冰冷难耐
你们若无其事　走进生命遗忘的角落
发现后开采　开采后发现
在翻滚尘埃的道路上　你们越走越小
成为一群黑点　甘于寂寞地
从一个年代走进另一个年代就是英雄
伟大无比　时代的弄潮儿掀起巨浪
时光之刀无法遏止地划开黑黑的海的围栏
海水泛滥而出蜂拥而上
独浪排空闯入人间　闯入诗人的血管
开始营养诗歌

选自《五月》宁夏创作通讯增刊

张杰

张杰，石嘴山市作家协会会员，先后在《贺兰山》《西部新韵》《石嘴子》等杂志发表诗歌二百余首。诗作从2011年开始多次获奖。

小煤窑

品读《初冬石嘴子山作》
黄河冰凌猛烈撞击，迸发
一河火花
骤起一座座冰的小山
与贺兰山脉一起
起伏家乡绵延的历史

小煤窑的童年
脸上布满“煤洞”“野火”
让两任平罗知县的徐保字
盘桓仕途也未说清，这痛
是美丽的荒凉，还是
可爱的丑陋

一个个“煤洞云开”天不开
一个个“碳煤子”嘴刁灯葫芦
与蚂蚁一起，吮吸
命运的渣汁

他们背出一筐筐
身体焐热又被世道冷却的岁月
却背不回一块大洋，暖暖
心头那轮清贫的月

他们背出一堆又一堆
浸透血汗又被日子风干的山峁
却背不出，一个个弟兄
葬身井下音容依然鲜活的化石
掩卷，炽热的潮头退去
大漠上留下，一排排
波浪的伤痕

黑瓷厂与石嘴子
草根一茬又一茬
抽出，历史的绿叶
远去的车辙，自斟自饮
老去的时光

山西烧窑师傅陈老大

解密，道光二十二年
羁押苍生谋略的绊锁
缸坛盆罐大盘小碗
一起互动，奏响
心中的一曲曲梦想

商机在水旱码头的人气中
摇曳，飘香，蔓延，结露
借小煤窑野火廉价的自弃
七座瓷窑产品套装生产
苍天看见
炉膛吞云吐雾的火舌
一次次舔舐
“烟民”冬眠的智商
石嘴子才开始，慢慢
解冻苏醒

如今，那些盆盆罐罐
早已忘记，许多窑工
泥捏的姓氏
幸之，对应黑瓷厂的群星
一刻也没有忘却，岁月
对它们的拿捏锻造和催生

选自《西部新韵》2015年第3期

沈剑华

沈剑华，宁夏作家协会会员，1951年参加中国人民志愿军赴朝，复员到石嘴山矿务局。

新矿工

崭新的工装雪亮的灯，
胶壳帽刻上年、月、日，
啊，可不能忘
这是俺下井头一个工！

复员进矿一年整，
给干部处写信几十封；
嘴唇差点磨起泡，
才算当上采煤工。

有人笑俺傻，
有人说俺疯，
就连俺那个“同心伴儿”

也有几分不认同。

俺傻不傻，疯不疯，
无须争辩理自明，
地心虽无“珠峰”在，
心雄照样能攀登！

选自《贺兰山》1983年第3期

孔令文

孔令文，笔名孔实，石嘴山市作家协会会员。

煤海游泳

午夜
我带着一颗
刚采撷的星
伴我在煤海游泳
星儿激动了
痴醉地舞蹈着
掀起阵阵浪涌

此刻，我一个
空白着的心
得到充实
便无所顾忌
纵身跃入大海
追逐着星儿

寻觅我丢失的黎明

我弓起
古铜色的背脊
与激流抗争
在漩涡中奋击
当波涛从我手中穿过

一颗悬吊的心
坠入多彩的梦境
于是
我想起了可爱的妻子
每次，在她的微笑里
我走下煤海
带着浪潮的心海
去和煤海沟通

今天，我第一次敞开胸怀
忘情地和煤海拥抱
心，随海浪起伏
血，如海浪奔腾
就像她和我们初恋时
那么热烈，那么痴情

于是

我一头潜入海底

埋进誓言，捞起憧憬

海浪兴奋了

挽住我的臂

唱起了煤海和我的歌

《燃烧的太阳和启明星》

选自《贺兰山》1983年第3期

王竞雄

王竞雄，神华宁煤集团石沟驿煤化工公司办公室副主任。

焊　接

她拿来一块待用的钢板
上面有一条长长的裂纹
他知道裂纹的来历
更清楚她心灵的伤痕

这本是自己丢弃的废料
捧回来　她步步迟钝
自己也曾拒绝过
每次想起
他时时悔恨

他对着她
知道还有焊接的希望
她对着他

明白还有表示的可能

没用语言
没用手势
只用眼神
于是他俩一起
接通载着信息的电流
拉下控制心扉的闸门

瞬间一朵朵耀眼的焊花
迸射出缕缕的真诚
爱　将长长的缝隙填满
情　对漫漫的时间点点校正

他俩焊接了这块钢板
也焊接了两颗纯洁的心灵

选自《煤海放歌》，宁夏人民出版社，2008年

沈莅欣

沈莅欣，宁夏作家协会会员，先后在《星星诗刊》《朔方》等报刊发表诗歌、小说、散文百余篇，著有诗集《生命心语》。

关于煤

阳光烂漫的日子
是人们忘记火焰的日子
于是煤
这世间皮肤最黑的女人
在冬天才被写进日历
小寒　大寒　三九
煤嫁给了炉子
证实自己是孕生火的好母亲

在毁灭自己的舞台
煤　坚持自己的演出方式
我曾经在冬日守住一炉花丛

让花朵燃烧的语言
走进我生命的稿纸
一根火柴与一块煤接吻
便能一句一句写出
生存的意义
于是　我终于认出煤
它是我们平静时　躁动时
高尚时　堕落时
对上帝忏悔的
一块黑水晶

矿工的爱情

红色的心灵
流成了汗水
浪漫的温柔
挺成了血斑
湿透身子的矿工们
爱情轨道常铺进死巷
似乎爱情也是一种瓦斯
只有　只有那懂得男人的女人
才会用心包围采煤的哥哥
牵挂　是她特备的奖品
每一天阴暗潮湿的工作
每一晚多温多柔的梦境
都给她一点一点地灼热了
一对眼睛一直透进井底
便是爱的意义

风沙　炮鸣　煤的原色
无法阻挡爱的野马
对矿工来说
爱不是泡泡糖咖啡交谊舞

光和热是爱的定义
因此　亲爱的矿工哥哥
少有虚伪的浪漫假面的话儿
那夜　他拉住她的小手
她就觉出手已探至他的热血
其实
像煤一样燃烧的矿工
就该有
像火一样浓烈的爱情

选自《煤海放歌》，宁夏人民出版社，2008年

肖屏

肖屏，宁夏作家协会会员。诗歌《烽火台》获解放军首届艺术大赛一等奖，收入2014年《中国当代文艺家代表作典藏》。

西部地质队员

凭着少时的畅想
你来到了西部的群山大漠
罗盘与地质锤组成了
你命运的和弦

岁月馈赠给你的
山谷中串流的热风
西伯利亚狂风下的冰大坂
大自然用冷峻
在你面颊上刻下曲线
你用热情
在地质图上

标出曲线
左手的罗盘
使你变成一尾
游动在亘古未来间的鱼
穿梭在风和流水剥蚀的
岩层间
右手的地质锤
教你弄懂了
岩浆泼写的语言

在你风与露宿过的
山榆林　红柳丛中
树起井架的时候
你欣慰地笑着
向远方走去

选自《宁夏地质报》1989年月12月5日

山　雨

雨，从山顶上落下，
纤细，浓密，静谧。
公路上，
她撑着花伞
抱着雨衣
向大山深处走去。
眸子里漂着淡淡的细雨，
眉宇间凝着几分焦虑。
是怕山雨淋湿了
爱的记忆？
还是怕冲淡了
昨夜洞房的甜蜜？
地质队员的妻子
追着山雨……

选自《宁夏地质报》1987年3月5日

娄天木

娄天木，宁夏作家协会会员，石嘴山市作家协会副主席，《宁夏煤炭报》副总编辑，发表文学作品一百余万字，新闻作品数百篇。作品多次获奖。

汝箕沟抒情

一条小山沟，
在地壳神的巨斧下
诞生在贺兰山口，
同美丽古朴的神话相连。
勤劳的太西人，善良的小鹿
送给你一个原始而渺小的名字
——汝箕沟。
啊，汝箕沟，
你没有莽林、名胜、垂柳，
但却有独特的性格，
在九百六十万平方公里的空间
显示着你的位置和富有。

坚固的山石，
凝固的黄土，
给你粗犷
陡峭的悬崖，
叠嶂的峰峦，
护着你神秘的城府，
啊，汝箕沟，
当你在神话里被发现，
太西人也只有
手上愤怒的铁镐，
肩上沉重的背篓，
嘴上原始的油壶，
浑身热汗在流。

几经沧桑，你这个小山沟，
已这么深，这么秀！
腾飞之年太西人
正用汗水和科学
驱赶着愚昧和落后，
你以乌金的巨浪冲破大山的高压，
冲破地层向四海奔流。
沸腾的钢水正溅着你的汗水，
飞转的车轮向五洲带去你的问候，

你的荣耀，你的光辉，
红霞般染红千家万户窗口。
汝箕沟，使人骄傲的沟，
展翅腾飞的沟！

选自《宁夏日报》1985年5月11日

王景韩

王景韩，银川市作协副主席，1958年由上海支宁，著有诗集《羁旅》等。

我选择了矿工的眼睛

在人生和事业的道路上，
我选择了矿工的眼睛。

当我看到矿工们的眼睛
我不知道羞愧，是惶惑，
还是悔恨，
那比矿灯还要明亮的眼睛
驱赶了我心中的迷惘，
那比燃烧的煤还要灼热的眼睛
足以烧掉我灵魂的污垢和世俗渣滓的沉积，
那迸发出炽热之光的眼睛
可以溶化一切冷酷与无情，
矿工的眼睛是光和热的化身，
连接久远的洪荒和当代的文明，
于是，我选择了矿工的眼睛！

矿区教师颂

在这远非灿烂的角落，
太阳离这里似乎很远。
是山梁太高，还是沟壑太深？
而他却来到这个角落，
城市已与他久违，
那公园的柳荫，商店的霓虹，
已不再熟悉他的身影。

每天他总要爬山梁越山沟，
用知识的甘露滋润矿区孩子的心。
古老的矿山因朗朗书声而增添稚气，
荒漠的山野因欢歌笑语而顿生绿意；
山坡野花因点缀校园而绽开热情，
塞外云雀因孩子们的嬉笑而啾鸣不已。

矿山早已把他当作自己的亲人，
那煤机和钢铁支柱的交响，
每时每刻奏鸣着对他的热爱和赞颂，
在这远非灿烂的角落，
太阳离这里似乎很远，
但他觉得热力无限，春光更明！

选自《煤炭文学》1986年第1期

张记

张记，也称张纪，原名张春季，宁夏作家协会会员，石嘴山市文联委员，神华宁煤集团作家协会理事。1990年开始发表作品，在40多家报刊发表诗歌近千首，60多次获奖，作品被收入多种选集，被誉为“矿山诗人”。著有诗集《大地深处的回响》《神木谣曲》《爱情是故乡》。

我的锤子

我是一个矿工　我手中的
锤子像诗一样
像许多温柔的事物一样
露出刚强的气质

这是在井下
我的锤子敲醒一片夜色
一上一下叮当叮当
四周音乐起伏　我的锤子
从火里出生

又在这里锻打另一团火

作为钢铁家族的一位成员
作为相依相偎的伙伴
我理解它的个性　一头灵敏
一头迟钝　然而对于劳动和生活
却爱得入骨三分
我在很冷的风中凝视着
目光渐渐暖和起来

我的锤子
因撕咬时间而痛苦而欢乐
而舞而歌像墨色的闪电
成为今夜晚最美的夜像
我的工作服此时此刻
被锤子的喊声淋湿

致煤海

夜夜都有你的涛声入梦

我在自身的往事上
追忆那浩瀚的岁月
我站在曾经走进走出的井口
体味那平庸而又博大的胸怀
我是你掌上的一朵浪花
一路歌唱一路澎湃
我是一粒情种
无法忘记你深沉的厚爱

夜夜都有你的涛声入梦

关于你的传说和功绩
我听过千遍万遍而不厌其烦
然而对于你真正的理解和信任
是在矿灯点燃灵感的一刻才初次发现
我的笔穿过无数白昼和黑夜
从大悲的洪荒到大喜的今天
回溯寒冷与焚烧历史

我不得不重新整理自己的语言

夜夜都有你的涛声入梦

由于我的迟钝和愚笨
曾经对你的恩泽和温柔无动于衷
是你的鼓励和鞭策
使我的诗一跃而起涨潮般涌动
只因为你的沉淀和沐浴
我在汗水里打捞失落的爱情
只因为你的宽容与苛求
我开始如痴如醉地拥抱人生!

人

只要一来到井下
人　就得把双腿叉开
把两只脚插入温热的黑土
然后头触顶板
成了个真正的男子汉

然后迎着五级人工风奔走
满世界响彻锵锵的足音
就这样把呼吸推向煤层
伸出钢钎般的胳膊凿下大块小块
黑色的时光
之后　胸中一片灿烂的轰动
之后　手上跳跃幸福的道路
人站立着　才叫高大
人工作着　才叫完美

冬日的下午

三个采煤工的妻子
围着炉子，热热闹闹
围成一台有滋有味的戏剧

她们织毛衣也织夜晚的寂寞
她们纳鞋底也纳焦渴的思念
她们嗑瓜子也嗑伤心的往事
她们哄孩子同时也用
圆圆缺缺的故事哄她们自己

她们一边告诉丈夫别抽烟
在井下吸的炮烟已经太多
一边又把丈夫抽完烟扔掉的孤独
一一拣起　她们劝着丈夫少喝酒
却又把解疲乏祛风湿的烈性液体
很疼爱地斟满杯子
她们说男人别再往家里拿烂衣服了
却又小心翼翼像缝补时间和爱情一样
把补丁缝得工工整整
看煤块像黑色的小鸟叽叽喳喳

在女人们的心中碰碰撞撞

在女人的嘴上

滴成一组组火红烫手的

关于女人和男人们的文字

一个冬日的下午

女人们的欢乐塞满了小屋

女人们的笑声擦白了玻璃

归来吧矿工

女人们将用柔情和蜜意

把你们超负荷的疲劳

从头到脚慢慢擦拭

金色帽徽

矿灯是很平常的一种花卉
长在我们头盔的前沿
就金光闪闪它的香气
在我们进行的途中
是看得见的威风和美丽

煤矿工人　作为
另一个特种部队
于大自然万物生长的根部
日夜倾洒真诚的承诺
生命岗位　有金色炯炯的映照
便显得十分高贵

金色的帽徽
一年四季　都高高在上
于历史、现实和未来的间隙
它是煤炭升华中
最生动最有力的颂辞

上学路上

把沉重的书包甩在背后，
红领巾和蝴蝶结走上弯曲的小路。
歪歪头就看见飞转的天轮，
和选煤楼下黑色的瀑布……

迎面碰上熟悉的矿工，
很礼貌地问一声“下班了，叔叔。”
叔叔大大咧咧拍拍花骨朵，
然后认真地训一句“好好念书！”

晨风在耳边喃喃细语，
仿佛是妈妈亲切的嘱咐。
心中荡漾着自豪和欢乐，
向初升的太阳迈开了脚步……

女教师

把矿工的孩子当作自己的孩子，
把一方教室当作耕耘的园地，
为了这些矿山的种子，
你把青春和爱心热情奉献。

生在矿山又嫁给了矿山，
生活的道路坎坷而辽远，
当靓姑娘挽着俊小伙子漫步街头，
你正为挖煤的丈夫洗菜做饭。

啊，青春岁月里是少了些浪漫，
却多了神圣、多了真诚、多了回味……
若问矿山教师的辛苦和奉献，
请让桌头厚厚的作业本发言！

宣　告

从戴上安全帽那一天开始
我才把许多事情弄懂
生活揭开了新的一页
我迈着阔步走向矿井

工作着多么美好
看煤海卷起黑色的风暴
风暴过去一切都复归寂静
只有铁锹轻快的欢畅舞蹈

人生路总是布满坎坷
忧愁悲伤流星般飞过
但是对于生活不能这样说——
命运就这么安排我

当煤墙里雷管的轰鸣声
把每一个黎明叫醒
多少沉睡的热情都被唤起
多少平庸的都不再平庸

虽然掌子面没有阳光和花朵
没有高跟鞋叩响的清脆音乐
但掌子面里有智慧和歌谣
有我们流光溢彩的累累硕果

不要让脑细胞舔着灰色的记忆
痛苦中追悔往事只能毁了自己
请相信明天将是何等的美丽
正迎接着我们来奋发进取

我的颈项是沾满了汗的珍珠
十指因结茧而愈来愈粗
我的诗却长出了晶亮的翅膀
飞上蓝天也飞进深深的井巷

平凡中蕴藏着伟大与崇高
劳动中创造着繁荣与进步
积沙成塔聚水成湖
区区小苗也能长成参天大树

趁着我们还在年轻的时候
奋斗吧不要等待至明朝
只有把握着有限的今天
青春的旗帜才能刷刷地飘

黑儿·媳妇·酒

再倒一杯！黑儿坐在沙发上
披着一身疲惫　黑儿说
媳妇倒的酒
香呢
其实　黑儿的皮肤
是被井下的矿灯晒黑的
结婚之后　媳妇说我先给你起个乳名
老家人都爱叫你煤黑子
多难听！黑儿——
亲切　顺溜儿　今生今世
只准我一个人悄悄地叫
其实　黑儿原先并不喝酒
成了家啦　媳妇说
井下有潮气　采煤活儿累
少喝一盅　暖暖
身子骨儿就丝丝儿冒热气儿
被酒精点燃的激情
让刚勇爽直的男子汉
躺在家的臂弯里
羊羔羔般柔顺可爱

有酒的日子
就是好日子　最好的酒
是婆姨　知冷知热知疼哩
那一腔笑里的蜜！今生今世
黑儿
只给你一个倒着喝

多情的季节

这个季节感情解冻
这个年龄结婚两个字
在你的心中圣洁美丽如阳如月
在你的脸上焦闷忧愁如泪如血
爱呀情呀只在梦里打苞

给父母的信中
你说住上了单身大楼
窗明几净　然而在大街上走路
总不能像城市人那样理直气壮
发工资的日子
你会避开城市哥们的笑声
把背井离乡的骄傲投进邮筒
协议工兄弟啊
一只手治疗着家乡的贫穷
一只手治疗着青春的思念

在煤浪汹涌的掌子面
凭着列祖列宗吃苦耐劳的铮铮骨气
挥汗如雨

闪电般的动作扇起阵风
令支柱子们煤帮们目瞪口呆

深刻的煤层举出丰厚的收获
劳动的精神喷出缤纷的生活

在单身楼大阳台上
向远方眺望　你说
故乡的屋檐是母亲手搭的凉棚
你从兜里抖出一封家书
鼻子一酸

以上选自《神木谣曲》，吉林文史出版社，2009年

陈小康

陈小康，笔名阿康，宁夏作家协会会员。1985年开始文学创作，至今已在《诗刊》《星星诗刊》《夏风》《中国煤炭文艺》《阳光》《中国煤炭报》《宁夏煤炭报》《宁夏日报》等报刊发表诗作二百余首，诗作入选《实验诗选》《中国青年诗人三百家》《中国青年探索诗选》等。

矿山墓群

每次走近你们的栖息地
耳膜便悲壮回旋《命运交响曲》
我没有带来红酒、祈祷和高脚杯
只带着最深沉的凝视
与黑土上不愿休眠的灵魂
交谈昨天和今天的话题
我想起十字勋章般辉煌的铁镐
已被我们搁进煤城博物馆
但我们并未忘记浴血的父老兄弟
每条巷道以及每一盏灯

都记载着红迹斑斑的历史
我们珍视那些生动的箴言
用眼睛为你们唱一支安魂曲
黑色的路拓入矿山纵深地带
即使我们又不幸扑倒在地
也要化作指示前进的路碑

选自《石嘴山矿报》1988年12月28日

走向圣土

在那里，我们将成为一种新的图腾。

——《与历史的对话》

那个关于火种的神话，已在
我们有力的臂膀下悄然跌落

无暇回顾祖辈们神圣的崇拜
就像无暇享受太阳的洗浴
我们深沉地走进那片黑色圣土
走向九支箭翎锈蚀的历史
坚定地雕塑着一个新世纪的宣言
黑色手掌已成为圣土的一部分
身躯桀骜挺立或悲壮地化为尘沫
世界都会对我们报以肃穆和反思

我们不愿重踏旧辙
只是不愿重复苦难的历史
祖辈们被煤油灯熏黑的屈辱
永是灼痛记忆的一章
最辉煌的时刻便是选择黑色

我们肩负起沉重的使命
跋涉每一座煤岩筑起的屏障
黑色汗珠无数次莹亮古铜色脊梁
瓦斯的洗礼以及岩层的断裂
都是我们生命中盛大的祭奠
都只能让我们手中旋转的钻杆
啸出震撼世界之强音
走向圣土，走向历史遗落的山谷
走向圣土，走向血泪掩映的路途
走——向——圣——土

选自《石嘴山矿报》1989年6月23日

黑　雪

矿山的泥土是黑色的
层层的黑，巨大的黑，无边的黑
钢铁在这里是最红的根
采煤机翻动的风暴
让人想起一个古人笔下
“惊涛拍岸，卷起千堆雪”的诗句
只是这雪
永远是黑色的

多少铮铮男儿
把热望融入那雪中
为黑雪赋予魂魄
历史从不回答什么
煤本身就是证明
以火的粗犷文字
狂草一阕《矿山雪》

永远的黑雪，已深入矿工的心中
这别致的风景
就这样裸露骨血
昭示生命

选自《中国煤炭报》1993年11月23日

掌子面

矿工们匍匐着进入
像是触摸大地的心脏
狭小的空间，一把铁镐
是与煤共舞的利剑

离火种最近的地方
凝固着一种黑色的爱
年年月月，那爱的火焰
就在矿工的胆魄中
熊熊燃烧

选自《石炭井矿工报》1996年3月22日

真正的煤

曾经　煤像一位少女
在我的颂歌中站得很美
曾经　我像一位诗人
为煤披上艳丽的词汇

一位老矿工说——
你真正与煤相处过吗
你知道那里有多少喜乐哀悲
是啊　远离煤的岁月
那激情是从孤独中臆造而来的
那颂词是从想象中搜罗来的
煤更像一位沧桑的老兵
突破道道黑色防线
把生命的火焰花
植在人们心里
其实　煤便是矿工的化身
谁能道尽盗火者们
趟过多少血浪
谁能与煤厮守一生
沿黑暴的阶梯

攀到一个英雄的高度
真正的煤　当我深入你的心脏
发现你是那样清贫
清贫得献出温暖后
只剩下一把尘灰

选自《石炭井矿工报》1996年11月11日

燃 烧

在火焰锯齿的风景里
我看见黑色的词渐渐融化
成为梦中的雪花

一次燃烧便诞生一部童话
灰飞之后
再次把血肉交出
生命的交替如此简单
目睹一次
便足令我们把贪欲
抛下

选自《中国煤炭报》1996年12月22日

梦中的石头

以你一身的黑
撞开我苍白的视野
如夜
如隐在黑暗的死亡之谜
这墓碑　浸透历史的血
只有在现实的另一面
才能触摸到你并未寒冷的骨

始终保持不屈的禀性
只是不再光滑如玉
沟沟坎坎
不知经受多少光阴的酷刑

在贺兰山以西
我采矿的兄弟仍深入井下
任那灵性的石头
宰刈肌骨　吸吮血液
他们读过黑暴　鲜血和死亡
读过遥远的离别和太阳的芬芳
把自己也读成一部厚重的史诗

当我望一眼野山的荒脊

光辉的石头

你就在我的灵魂中照耀

像我苦悟多年的碑铭

选自《宁夏煤炭报》2003年2月18日

薛建民

薛建民，宁夏文联委员、作协理事。20世纪70年代初应招到煤矿当采煤工人，后成为基层党委书记、宁夏煤炭工业职业大学党委书记、大型企业集团宣传部长。勤于笔耕，发表诗歌、散文等百万余字。

写在石炭井矿务局建局四十周年

创业

人们都熟悉这样一个古老的传说
万年前有一匹骏马从塞上驰过
长途奔驰疲劳饥渴
醉饮河水就神秘地不知下落

传说它跑得太累就地长眠
已踏出宁夏川的绿野
传说它化作一座大山
把来自背后的沙漠阻隔

从此后贺兰山的名字
就在塞上流落
若干年后经“獐子引见”
它拥抱满腹乌金在塞上横卧

大跃进开发的号角
吹来了无数“淘金者”
来自五湖四海的太西人
长途跋涉在贺兰山集结

背负着孤烟大漠
眼望着落日长河
头顶不见飞鸟经过
脚下布满了卵石沟壑

光明的使者点燃了不熄的篝火
住进了草棚地窝
条件不论多么险恶
淘金者绝不退缩

铁锤把虎口震裂
钢钎捣开了万年金锁
肩并肩将大山撑托
心连心把幸福挖掘

常年在井下作业
享受不了太阳的施舍
英俊的年轻小伙
难见十五的圆月

太西人以奉献为歌
付出就没想回索
太西人以苦为乐
心中只有奋斗，创业！

发展

石炭井的山山水水
都呈现太西人的妙手创作
贺兰山的草草木木
都把创业深深铭刻

这里的发展与日俱多
变化使你目不暇接
不仅凡人难以想象
连神仙也感到不可捉摸

峻岭上银线高高架设
把贺兰山的巍峨领略

荒原泛起了绿波
这一切又那样和谐

矿工摆脱笨重的劳作
割煤机稳健地作业
绞车牵出了青龙
乌金坐上了专列

这里地灵人杰
山沟里出了扁鹊华佗
新鲁班到职大深造
祖冲之办起讲座

科技发展如流星飞梭
连鼻祖也感到逊色
各路神仙在煤城相约
交流各自的心得

高楼鳞次栉比
这里不再是荒坡
山坡星星抖落
地下开出了银河

华灯在夜市闪烁

这里不再有当年的暮色
煤城如明珠一颗
镶嵌在辽阔的北国

这里的变化实在太多
这一切浸透了几代人的心血
有的已经长眠山冈
有的却已银发盖额

回顾四十年的蹉跎岁月
每一步都是一支雄壮的战歌
歌中每一细小的音符
都用奉献的汗水谱写

腾飞

石炭井的发展来自不懈的拼搏
都得益于锐意改革
六年的承包使矿工们得到了实惠
推向市场使我们眼界开阔

初涉市场尽管有不适应的感觉
商海的风浪使我们聪明了许多
发展不仅要加强自身建设

还要不断把市场开拓

生存和发展不能单靠主业
还要不断调整方略
以煤为主多业并举是上策
多种经营使生存空间大了许多

市场的培育是个重要环节
用敏锐的目光扫描每个角落
老用户在感情上增进
新伙伴一开始就真诚合作

质量保证是我们的承诺
品牌优势是太西特色
凭着我们对事业的执着
定会取得新的收获

黄土地给了我们博大的胸怀
贺兰山培育了我们坚强的品格
太西人用赤诚点燃万家灯火
让甜蜜谱写五彩的丰歌

人们都熟悉这样一个古老的传说
万年前曾有匹骏马在塞上驰过

长途跋涉疲劳饥渴
醉饮黄河就再没有醒过

开发的脚步惊醒了骏马的酣睡
太西人的拼搏使它精神振作
沉睡是蓄势待发
继续奔驰方显英雄本色

我们高歌
我们庆贺
歌唱石炭井历尽风霜走向成熟
庆贺太西人乘上骏马扬鞭飞跃

选矸女工

“小河”边上急流翻滚着流过
一件朴素的劳动布工装
把一颗诚实的心包裹

煤和矸石都身着黑色
凭着慧眼你却一一把它们识别
瞬间纤纤小手拿下五大三粗的“石哥”

这活儿并不像诗人写得那么洒脱
为着纯洁还要面对龌龊
站一天下来两腿都会哆嗦

每提升一个百分点的煤级
能创造数以万计的效益
功劳簿上记着你的忠诚和劳作

春风早到宁东镇

按时令正值腊月隆冬
但人们并没感到它的寒冷
室内聚集着春意浓浓的歌声
窗外奋进的人们正阔步前行

抬头望见阵阵雁群
把亘古荒原吵得沸沸腾腾
有人说是去年秋天迷失了南飞的归程
半路返回在这塞上过冬

天公虽派来三百万玉龙
降到宁东大地却蒸发得无影无踪
有人说是和建设大军相比逊色
悄悄躲进了树林草坪

这里还进来了“高鼻梁，蓝眼睛”
据说圣诞节还要过在宁东
他们不再那么盛气凌人
说要真诚与中国人合作共赢……

为啥会形成这道风景
那是因为这里遇到了早到的春风
这座原本西北风主宰的边塞古镇
而今来了提早换岗的春风

还不到梨花盛开的季节
梨园的花骨朵却已蠢蠢涌动
待到爆竹响起的那个夜晚
百花与礼花一起竞放在古老的宁东

与“春”字一样打头的还有个字叫“奉”
“春”由“日”字托底而显得明媚
“奉”靠“干”字出头成名
于是“奉献”成了宁东人的歌声

为了六百万回汉父老乡亲
宁东人奉献在荒郊野岭
驾上岁月的紫气祥云
宁东一定会腾飞在湛蓝的天空

选自《岁月的情结》，宁夏人民出版社，2008年